Alle Texte und Illustrationen dieses Werkes sind urheberrechtlich geschützt und dürfen nur mit ausdrücklicher Zustimmung des jeweiligen Autors/Künstlers verwertet werden.

Die Namen der in den Texten beschriebenen Personen sind frei erfunden.

Impressum

Herstellung und Verlag: Books on Demand GmbH, Norderstedt
Korrektorat: Renate Krohn
Coverillustration: © Petra Krimmel
Covergestaltung: Antonio Bellissimo / www.fotostyle.de

2015 / Britta Heinrichs (Hrsg.)

www.britta-heinrichs.de

ISBN 978-3-7347-7095-1

Britta Heinrichs (Hrsg.)

Die sieben Todsünden

Anthologie für einen guten Zweck

Das Buch

Diese Anthologie entstand unter der Mitwirkung zahlreicher Autoren und Illustratoren, die ihre Texte und Bilder unentgeltlich zur Verfügung gestellt haben.

DIE SIEBEN TODSÜNDEN boten reichlich Inspiration und die Beiträge zeigen viele verschiedene Arten der Interpretation.

Alle aus dieser Anthologie erzielten Gewinne kommen Familie Knoke im Landkreis Holzminden/Niedersachsen zugute.
Einer der vier Söhne ist an Muskeldystrophie erkrankt.

Im Namen der Familie danke ich allen Autoren, Illustratoren, Unterstützern und Lesern dieses Buches.
Über den Spendenverlauf können Sie sich informieren auf:
www.britta-heinrichs.de

Inhalt

Die sieben Todsünden   11
Sieben — Dirk Juschkat
Bleistiftzeichnung — Petra Krimmel
Die sieben Todsünden — Katharina Kraemer

Hochmut   24
Bleistiftzeichnung — Wiebke Worm
Mutter ist tot — Elmar Rieder
Die Rache der kleinen Frau — Jürgen Spreemann

Habgier   36
Encaustic-Malerei „Gier" — Dieter Annecke
Die Gier — Wilfried Schmickler

Wollust   40
Acrylmalerei "Sonntagnachmittag" — Anke Noreike
Marga — Michael Lohmann
Lulu in Luxuria — Jürgen Spreemann

Zorn   65
Fotografie — Olaf Raabe
Neros Song — Markus Dittrich

Völlerei   70
Zeichnung „Der große Jack" — Jörg Wiegand
Alles in Ordnung bei Igor — Susanne Schnitzler
Maßlos — Norbert Löffler

Neid   80
Acrylmalerei "Crazy Face" — Susanne Fritsch
Das Monster — Renate Krohn
Versprechen muss man halten — Britta Bendixen

Trägheit   92
Aquarell „Die Trägheit" — Helga Pohlmann
Ein Morgen im Leben der Trägheit — Jeannine Remlinger
Herbert — Norbert Löffler

Die vier Tugenden   101
Bleistiftzeichnung „Die Tugend" — Angelika Ballas-Künzel
Die Schwestern Vertu — Britta Heinrichs

Worte zum Schluss   107
Wohin? / Gedicht und Illustration — Helga Rikken

Autoren / Illustratoren   109

Vorwort

"*Todsünde*" – ein gewaltiger Begriff, den man zwar umgangssprachlich verwendet, der jedoch theologisch gesehen völlig falsch ist. Was wir unter den Todsünden verstehen, bezeichnet die sieben Hauptlaster – schlechte Charaktereigenschaften, die uns posthum ein warmes Plätzchen im Höllenfeuer reservieren.

Wenn man sich im Hinblick auf dieses Thema auf dem Pausenhof einer Schule umhört, dann kann einem schon angst und bange werden. Doch so lange den bösen Eigenschaften die vier Tugenden Klugheit, Gerechtigkeit, Tapferkeit und Mäßigung gegenüberstehen, besteht wohl noch Hoffnung auf die weiche Wolke 7.

Aus den Hauptlastern gehen bekanntlich die von uns allen hin und wieder begangenen Sünden hervor. Dass aus Todsünden jedoch auch Gutes entstehen kann, beweist diese Anthologie:

Wir Autoren und Illustratoren haben auf ein Honorar verzichtet – zugunsten einer Familie, die im christlichen Glauben den Halt findet, ihr Schicksal zu meistern.

Den Todsünden setzen wir eines vehement entgegen:

Nächstenliebe

Text der Schülerin Laura Gajowki (14) aus Leverkusen:

"In der Schule ist es besonders schlimm. Es tun sich Gruppen zusammen, die das Ziel haben, anderen das Leben schwer zu machen. Sie mobben einzelne Schüler und versuchen ständig, andere traurig zu machen. Diese Kinder finden sich sehr toll und glauben, dass sie jedem überlegen sind und sich alles nur um sie dreht. Sie denken nicht darüber nach, wie sehr sie anderen damit wehtun. Oft kommt noch dazu, dass diese Kinder neidisch sind auf die guten Noten oder andere Sachen, die sie selber nicht haben. Voller Zorn versuchen sie, die Gemobbten immer wieder fertig zu machen. Das macht der Neid aus Menschen."

Sieben

Dirk Juschkat

Wir alle haben sie begangen
und niemand ist von ihnen frei.
Sind in uns selbst durch sie gefangen
und sind ihr bis zur Hölle treu.

Denn keiner scheut die Konsequenzen
aus eben diesem eignen Grund
und überschreitet ihre Grenzen
und treibt sein Leben möglichst bunt.

Warum auch nicht? Denn ihr Versprechen,
dass wir durch sie im Feuer stehn,
kann nicht den Glauben in uns brechen,
dass nur geschieht, was wir auch sehn.

So ziehen wir durch unser Leben,
die Ignoranz bedeutet Sieg.
Und werden uns noch mehr gegeben –
Wir sind doch stets mit Gott im Krieg.

Bleistiftzeichnung

Petra Krimmel

Die sieben Todsünden

Katharina Kraemer

„Ach, warum sind unsere Jungs bloß so schlecht geraten? Es muss doch etwas geben, das ihnen den rechten Weg weist. Auf uns hören sie ja nicht!" Sie legte seufzend das Nähzeug in den Schoß und strich sich eine ergraute Strähne aus der hohen Stirn.

„Ich weiß es auch nicht, Frau. Sieben Söhne, und keiner ist wirklich gut geworden." Grübelnd sah er den Rauchschwaden seiner Pfeife nach, die in der Stube waberten. „Es müsste etwas passieren, dass sie kein übles Ende nehmen."

Da fuhr ein scharfer Wind ums Haus, rüttelte an den Fensterläden und ließ die Tür in den Angeln ächzen. Grelle Blitze begleiteten lautes Donnergrollen. Binnen Kurzem brach ein Unwetter über sie herein. „Was ist das nur, Mann?" Sie sah mit Furcht in den Augen zum Fenster. „Was sollen wir tun?"

„Nichts, Frau. Das Gewitter wird vergehen, wie es gekommen ist. Hoffe ich." Er trat ans Fenster und sah in die stürmische Nacht hinaus. Früher war seine Statur hochgewachsen, aber all die Arbeit und der Kummer hatten ihn gebeugt. „Was geschieht, geschieht, so Gott will."

Sie hob den Blick zur Zimmerdecke. „Wenn sie schlafen, sind sie wahrlich Engel."

Als der Morgen heraufkam, verzog sich das Gewitter hinter die Hügel, die sich schattengleich am Horizont aufreihten. Der Vater schaute aus dem Fenster und staunte nicht schlecht über den Pferdekarren, der in diesem Moment vor dem Haus zum Stehen kam. „Was der hier wohl will?"

Der Kutscher in langem Mantel und tief in die Stirn gezogenem Hut kam mit schweren Schritten auf ihr Haus zu. „Lasst mich ein. Ich habe eine wichtige Botschaft für euch."

„Was willst du von uns zu dieser frühen Stunde, Fuhrmann?" Sie öffneten misstrauisch die Tür und ließen ihn zögernd in die Stube.

„Ich soll eure Kinder holen."

„Ist das dein Ernst? Wer bestimmt das?", fragte der Vater.

„Wohin bringst du unsere Kinder? Wird es ihnen dort gut gehen? Kommen sie gesund wieder zurück?" Der Mutter traten Tränen in die Augen, ein flehender Blick traf den Kutscher.

„Lass gut sein, Mutter. Gib sie mir. Sofort. Ich bin nur der Bote", knurrte dieser unwillig und zuckte mit den Schultern. Er konnte oder wollte keine Auskunft geben. „Los, ich habe nicht viel Zeit und ein weiter Weg wartet auf mich und die Pferde."

Der Vater sah zu seiner Frau. „Tu, was der Kutscher sagt, und hole unsere Kinder."

Wenig später stolperten die Jungen die Stiege hinunter. „Was soll denn das?", rief Satan und sein Gesicht glühte vor Zorn.

„Ich will nicht, ich bin so müde", meinte Belphegor schläfrig und stolperte fast über seine Füße.

„Was will dieser alte Mann von uns?", fragte Luzifer verächtlich. „Er hat uns gar nichts zu sagen."

Asmodeus Augen leuchteten: „Endlich mal was los hier!"

Beelzebub frohlockte: „Vielleicht kann ich mich mal so richtig ..."

„Solange es nichts kostet", fügte Mammon hinzu und Leviathan rief seinen Eltern freudig zu: „Wir gehen auf große Fahrt!"

Der Kutscher musterte die Brüder unwillig.

„Da seid ihr ja. Kommt, wir haben einen weiten Weg vor uns."

In der Tür blieben die Eltern mit gemischten Gefühlen zurück, sie sahen ihre Burschen auf dem Kutschwagen Platz nehmen. „Der Herr wird euch behüten."

Der Fuhrmann stieg auf den Bock und lüftete den Hut zum Gruß. Er hob schnalzend die Peitsche. Sogleich trabten die Pferde los. „Sie werden ihren Weg machen."

Während sie in den Morgen fuhren, kauerten sich die Jungen auf dem Wagen zusammen. Luzifer hatte ebenso viel Angst wie seine Brüder, doch gab er sich keine Blöße. Er rief dem Kutscher vollmundig zu: „Wohin bringst du uns? Nu red schon!" Doch es kam keine Antwort. Der Mann blickte sich kurz um und trieb die Gäule zur Eile an.

Sie ließen Stadt und Land hinter sich. In rasender Fahrt ging es über holperige Wege, durch Wäldchen und an weiten Feldern vorbei. Plötzlich sahen sie vor sich eine riesige Burg. Die Kutsche folgte dem breiten Fahrweg auf das Tor zu, das sich wie von Geisterhand öffnete. In einem weiten Hof kamen sie zu stehen und das mächtige Eisentor schloss sich hinter ihnen. In diesem Moment öffnete sich die Pforte und ein Mädchen kam die Treppe herab: „Da seid ihr ja endlich, wir haben euch schon erwartet."

Die Jungen kletterten vom Karren herunter. „Wo sind wir hier? Wer bist du? Was sollen wir hier?", fragten sie durcheinander.

„Habt keine Angst, euch geschieht kein Leid." Sie grüßte den Kutscher mit einem knappen Kopfnicken, der daraufhin den Burghof durch ein Seitenportal verließ. „Kommt mit."

Kleinlaut folgten sie dem Mädchen eine weite Treppe hinauf in einen großen Saal. "Ihr wartet hier."

Asmodeus Augen strahlten mit den Kerzen an der Wand um die Wette: „Das ist mal ein Prachtbau. Hier lässt es sich leben! Schaut euch mal den langen Tisch und die Leuchter an!"

„Pah!" Luzifer grinste. „Das ist doch gar nichts! Der soll nur nicht denken, er könnte mich damit beeindrucken!"

„Weshalb lässt man uns hierher karren und warten?", schimpfte Satan und stapfte mit den Füßen auf.

In diesem Moment öffnete sich eine Tür am Ende des Saales. Ein Ritter in feinstem Gewand trat auf sie zu: „Deine Frage will ich gerne beantworten, Satan. Jetzt erstmal herzlich willkommen auf Burg Grabenstein. Setzt euch."

Ohne zu murren, rückten sie sich die Stühle am langen Tisch zurecht. Sogar Luzifer, sonst kaum um ein Wort verlegen, schwieg.

„Wir haben euch herkommen lassen, dass ihr lernt, was Tugend ist. Denn mit Argwohn beobachten wir, dass es euren Eltern mit all ihrer Liebe nicht gelingt, echte Männer aus euch zu formen. Deshalb werdet ihr jetzt eine Weile hierbleiben und lernen, was Respekt ist, um euren Eltern nicht weiter Schande zu sein." Er machte eine bewusste Pause und sah sich um. Den Jungen stand stummes Entsetzen in die Gesichter geschrieben. „Ihr werdet in der kommenden Zeit lernen, was es heißt, klug und mutig zu sein, gerecht und demütig, bescheiden und weise zu handeln. Und dann, so Gott will, werdet ihr als rechte Männer ins Leben zurückkehren."

Satan schlug mit der Faust auf den Tisch: „Was fällt denen ein? Das kann man mit mir nicht machen!"

„Ich mach nix, mir ist das alles egal", knurrte Belphegor.

Mammon und Leviathan riefen: „Wenn es nichts kostet, sind wir dabei!"

Beelzebub meinte: „Solange es genug zu essen gibt … zuhause wurde ich nie satt."

Luzifer wandte sich an den Ritter: „Wer seid Ihr, über uns zu bestimmen?"

„Ihr seid hier auf meiner Burg, und fortan gilt, was ich sage. Nun zeige ich euch eure Schlafstatt. Kommt mit."

Unwillig erhoben sie sich und folgten dem Ritter durch die kalten Flure der Burg, an herrlichen Gemächern vorbei. „Schlafen wir auch so schön?", fragte Asmodeus, doch der Ritter gab keine Antwort.

„Ich bleibe hier keine Sekunde!", zürnte Satan. „Die können mich mal!"

„Wieso? Ich gefalle mir jetzt schon als Burgherr! Wirst sehen, das ist allemal besser als so ein primitives Leben …", meinte Luzifer und lachte: „Du, Belphegor, wirst es nie zu so was bringen."

Der Ritter öffnete eine schlichte Tür am Ende des Ganges. „Da ist eure Kammer. Macht es euch bequem. Fleisch und Brot stehen bereit." Sprach's und überließ den Jungen die Kammer. Verdutzt und überrumpelt fügten sich die sieben Brüder.

„Was uns wohl erwartet?", fragte Belphegor ängstlich.

„Der werte Ritter kann mich mal", tönte Satan. Leviathan und Mammon ereiferten sich: „Wahrscheinlich sollen wir für ihn als Knappen schuften."

„Vielleicht gibt er uns sein Töchterchen, wenn wir unsere Sache gut machen", frohlockte Asmodeus und Beelzebub fügte hinzu: „Und eine fette Apanage dazu."

„Ach", Luzifer hatte das Geschrei seiner Brüder satt: „Der kann mich mal. Ich werde mich doch nicht als Knecht verdingen."

Am nächsten Morgen wurden sie von dem jungen Mädchen in den Rittersaal geführt. „Ich hoffe, ihr habt gut geschlafen. Setzt euch, bitte."

Die Jungen schoben ihre Stühle zu Recht und blickten eingeschüchtert ihren neuen Herrn an. Sie spürten, dass jede Gegenrede zwecklos war.

„Nun gut, es gibt viel zu tun heute. Du, Belphegor, und du, Luzifer, ihr werdet im Stall erwartet. Dort gibt euch der Großknecht Arbeit. Ihr beiden, Mammon und Leviathan, werdet die Latrinen und Gemächer putzen. Darüber wachen wird Maria, unsere Hausdame. Beelzebub und Asmodeus werden sich auf dem Feld beweisen; die Ernte steht an. Und Satan, du kommst mit mir. Für dich habe ich eine besondere Aufgabe, du wirst mein Knappe sein."

Die Jungen starrten den Ritter an, der sich in seinem hohen Stuhl zurücklehnte und die Reaktionen seiner Schützlinge betrachtete. Sie sahen sich entgeistert an und trauten sich kaum, ihrem Unmut Luft zu machen. Nur Belphegor und Satan konnten sich nicht zurückhalten.

„Ich mach nix! Ich bin doch kein Knecht!" – „Ich will kein Knappe sein! Das ist, das ist …" Satans Augen funkelten teuflisch.

In diesem Moment betraten der Bauer, der Großknecht und die Hausdame den Saal. „Dann wollen wir mal. Seid streng aber auch nachsichtig mit ihnen. Sie müssen noch viel lernen. Komm, Satan, wir haben zu tun." Der Ritter stand auf und Satan trottete mit geballten Fäusten in den Hosentaschen hinter ihm her. Die anderen fügten sich lustlos in ihr Schicksal und folgten murrend ihren neuen Meistern.

Maria gab den Buben Lappen und Scheuermittel und ließ sie zuerst die Flure schrubben, Hannes drückte seinen Schützlingen die Mistgabel in die zarten Hände und hieß sie den Stall ausmisten. Der Bauer nahm seine beiden neuen Knechte mit aufs Feld. Nur Satan schien mit seinem Los zufrieden, er saß im Warmen und putzte die Rüstung seines Herrn. Sein Zorn verflog mit jeder Stunde, die er das Metall zum Glänzen brachte. Der Ritter freute sich über diesen ersten Erfolg.

Erst nach Einbruch der Dunkelheit sah man sieben müde Jungen am Tisch im Rittersaal sitzen. Maria hatte ihnen aus der Küche aufgetischt, was das Herz begehrte. „Greift nur zu", ermunterte sie die Jungen, die es sich nicht zweimal sagen ließen. Asmodeus und Beelzebub langten kräftig zu, auch den Wein ließen sie sich schmecken, während die anderen sich zurückhielten. Es dauerte auch nicht lange, da lagen sie grün im Gesicht in ihren Stühlen und stöhnten, ihnen wäre ganz übel, das könnte nur am schlechten Wein liegen.

Der nächste Morgen war dann auch kein guter Tag für die beiden. Denn obwohl es ihnen nicht gutging, schickte der Ritter sie in die Küche zum Mundschenk, der ihnen ordentlich einheizte. Sie schwitzten über Bergen von Kartoffeln und Kohl. „Das habt ihr nun von eurem Übermut. Macht hin, das Essen muss fertig werden!"

Sein Mitgefühl hielt sich in Grenzen. Er freute sich, endlich mal zwei Küchenjungen zu haben, die ihm zur Hand gingen. Dazu schickte der Herr auch Belphegor in die Küche, weil bald ein großes Fest anstand; da wurde jede Hand gebraucht.

Satan und Mammon fanden sich im Stall wieder. Sie sollten sich um die vier edlen Pferde des Ritters kümmern. Doch nur widerwillig putzten sie das Geschirr; zudem hatten sie einen Heidenrespekt vor den Rössern. Doch es half alles nichts. Hannes, der Knecht, ließ keine Ausrede gelten und scheuchte sie durch die Stallgasse.

Luzifer wurde für diesen Tag des Ritters Knappe, gemeinsam mit Leviathan. Sie durften mit ihrem Herren in die Stadt. Luzifer genoss die Fahrt in der Kutsche, und Leviathan betrachtete das Gefährt mit großen Augen. Doch sie freuten sich zu früh. Auf dem Heimweg mussten sie laufen, weil in der Kutsche kein Platz mehr war. „Ihr habt junge Beine. In einer Stunde sehen wir uns wieder." Sprach's und ließ die beiden stehen.

Widerwillig trabten sie den Weg entlang. „Das ist das Letzte, Levi! So geht man nicht mit mir um."

„Lass gut sein, Luzifer. Dafür brauchen wir nicht auf dem Feld schuften bei der Hitze."

„Das stimmt."

Abends saßen die Brüder wieder beim Mahl. Diesmal waren Beelzebub und Asmodeus zurückhaltender. Sie begnügten sich mit einer Kleinigkeit, während ihre Brüder reichlich zulangten. Die ungewohnte Arbeit und das Regiment des Ritters mit seinen Leuten ließ sie kleinlaut dasitzen. Früher als es sonst ihre Gewohnheit war, fielen sie in ihre Betten.

Auch am dritten Tag wurden in der Frühe die Aufgaben verteilt. Jetzt war die Reihe an Satan und Luzifer, dem Mundschenk zu helfen. Das war für Luzifer eine viel größere Strafe als für seinen Bruder, der sich über diese Arbeit freute. Binnen weniger Stunden erkannte der Koch ein verstecktes Talent in ihm und übertrug ihm die Sorge für die Suppe. „Lass sie nicht anbrennen, aber gib immer genug Holz ins Feuer."

Luzifer tat sich schwer mit dem Gemüse, doch der Koch zeigte ihm freundlich, wie man aus einfachen Zutaten schmackhafte Beilagen machen konnte und weihte ihn auch in die vielen Gewürze ein. „Sei nur vorsichtig, zu wenig schmeckt nicht, aber zu viel ist auch nicht gut. Zudem sind manche Gewürze so teuer wie Gold oder Edelsteine."

Das machte Luzifer Spaß, er kam sich wie ein Meister vor. In seinem Eifer ließ er das Salzfässchen in die heiße Suppe fallen! Die war hinüber! „Was hast du gemacht, Luzifer? Bist du nicht ganz gescheit? Das wird dem Herrn gar nicht gefallen. Und ich muss jetzt alles wieder neu machen."

„Ja und, Mundschenk! Das ist dein Werk!", entgegnete Luzifer patzig.

„Dir werd ich helfen, so mit mir zu reden! Hol Wasser vom Brunnen. Aber schnell!" Satan feixte, während er schadenfroh seine Suppe rührte. Dann trollte sich Luzifer mit zwei Eimern zum Brunnen.

Dort sah er Beelzebub und Asmodeus das Heu in die Scheune schleppen. „Levi und Mammon müssen den Acker pflügen. Da haben wir es leichter." Asmo grinste.

„Dafür darf ich in der Küche sein, da wird richtig was gekocht! Pah!"

„Luzifer! Wo bleibt das Wasser? Her damit, oder soll ich dir Beine machen?" Der Koch stand mit puterrotem Gesicht in der Tür, die Hände in die Seiten gestemmt.

„Nicht, dass er dich noch kocht, Luzifer!" Beelzebub grinste breit. Und Asmodeus rief ihm noch hinterher: „Magst du lieber tauschen?"

Der Angesprochene nahm die Eimer in die Hand und machte, dass er in die Küche kam. So hatten sie noch nie mit ihm gesprochen! Das tat richtig weh!

Am Abend saßen alle satt und müde im Saal. Der Ritter trat ein, an seiner Seite das Mädchen, das sie am ersten Tag empfangen hatte, und ein paar weitere Mädchen, die sich schüchtern an die Tafel setzten. „Diese Jungs sind auf dem besten Wege zu verstehen, worum es im Leben geht. Aber lasst euch nicht täuschen. – So, Jungs, das ist meine Tochter, Klara, und die anderen Mädchen sind ihre Freundinnen. Heute dürft ihr mal zeigen, ob in euch ein Ritter steckt."

Die Jungen staunten nicht schlecht! Die Mädchen waren allesamt nett anzuschauen und jeder fand gleich eine Favoritin. Bis spät in die Nacht wurde gelacht und getanzt, denn Hannes spielte mit der Geige auf.

„Die Jungs machen sich", meinte der Ritter zu ihm, während er den Kindern zuschaute. „So eine bunte Mischung war hier schon lange nicht mehr."

Hannes sah in die dunkel dreinblickenden Augen seines Herrn. „Sie sollten wieder heiraten, Herr. Die Einsamkeit tut Ihnen nicht gut."

„Ich weiß, Hannes, aber so schnell geht das nicht."

„Wenn die Richtige kommt, wird der Schmerz vergessen sein, Herr."

„Vielleicht, eines Tages."

Der nächste Tag erwachte früh und alles eilte durch Flure und Ställe. Abends sollte ein Fest stattfinden. Hannes ließ die Ställe blitzsauber machen, Leviathan half ihm beim Füttern, während Luzifer ausmistete. So sehr Leviathan sich fürchtete, noch mehr fürchtete er den Spott seiner Brüder. Er überwand sich und saß mittags zufrieden am Brunnen in der Sonne. Er hätte nie geglaubt, sich Pferden derart zu nähern, und war sichtlich stolz auf sich.

„Zu Recht, Levi." Luzifer setzte sich neben ihn. „Mir sind sie auch nicht geheuer. Aber schön sind sie."

Mammon kam mit dem Eimer aus der Küche. „Das ist eine Schinderei!"

„Ach was, Mammon."

„Schaut mal, da kommen Asmo und Satan vom Feld! Die sehen richtig geschafft aus." Levi winkte seinen Brüdern. Diese sprangen vom Wagen und setzten sich zu ihnen. „Das war Schwerstarbeit! Wir sind doch keine Männer, sollen aber genauso schuften!" Satans Gesicht war nicht nur von der Sonne rot. „Was fällt denen ein!"

„So schlimm war es nicht, nur der Pflug wollte nicht richtig." Asmodeus schnaufte. „Doch jetzt ist alles gemacht. Wir haben den Rest des Tages frei", verkündete er.

Auch Belphegor und Beelzebub bekamen für den Nachmittag frei. „Der Herr hat noch eine Überraschung für uns. Wir sollen in unserem Zimmer auf Maria warten."

„Was das wohl sein wird?" Neugierig folgten sie den Brüdern.

„Ich habe keine Ahnung, Belph. Aber es kann ja nichts Schlimmes sein. Schließlich haben wir unsere Aufgaben erledigt." Beelzebub zuckte mit den Schultern.

Wenig später saßen sie auf ihren Betten und ahnten nicht, was diese Überraschung sein sollte. Da stand unvermutet der Ritter mit Maria in der Tür.

„So, Jungs. Jetzt geht es ans Eingemachte!" Der Ritter konnte sich nur schwer ein Grinsen verkneifen und auch Maria hatte Mühe, ein ernstes Gesicht zu machen. „Wir haben uns überlegt, dass ihr nicht so schmutzig zum Fest gehen könnt, deshalb geht es gleich in die Wanne. Und anschließend zieht ihr das hier an. So wie jetzt will ich euch hier nicht mehr sehen." Er wies auf den kleinen Karren, den Maria in die Kammer zog. Darauf fanden sich sieben Bündel Kleidung.

„So, die Herrschaften, runter mit den alten Hosen", rief Maria. „Alles ausziehen, das Bad wartet nicht gerne."

Die Jungs hatten Mühe, ihre Überraschung zu verbergen. Alle sieben bekamen ihr Kleidungspäckchen in die Hand gedrückt. „Nun aber Marsch ins Bad", drängte Maria. „Mitkommen!"

Wie eine Reihe nackter Hühnchen trotteten sie hinter Maria her, die eine Tür im Gang öffnete. „Hier stehen zwei Zuber, ihr braucht also nicht eifern. Rein mit euch."

Den Jungs war ihr Aufzug recht peinlich, doch die Aussicht auf das heiße Bad ließ sie ihre Scheu verlieren. „Ich will zuerst", meinte Luzifer.

„Du wirst warten, Luzifer. Die Kleinen sind zuerst dran", ermahnte Maria. „Belphegor und Beelzebub, ihr nehmt die linke Wanne und ihr, Satan und Asmodeus, die rechte. Beeilt euch, aber wascht euch gründlich. Die neuen Sachen sollen ja nicht gleich wieder … Du, Mammon, und du, Leviathan, ihr helft den Brüdern. Und du, Luzifer, sorgst dafür, dass ihr alle in einer Stunde im Rittersaal seid. Du trägst die Verantwortung."

Binnen einer Stunde waren dann alle Brüder frisch gebadet und neu eingekleidet. Die Sachen passten und stolz präsentierten sie sich. Nur Luzifer hatte was auszusetzen: „Wenn ich schon der Älteste bin, sollte ich auch richtige Herrensachen haben."

Soeben kam Maria zur Tür herein. „Ihr seid Brüder, da ist keiner mehr als der andere, Luzifer."

„Ja, aber, …" Der Rest blieb ihm im Halse stecken, als er Marias abschätzigen Blick aufschnappte. Sie zog die Tür hinter sich zu.

„Der kann lange warten, der Herr." Belphegor lag mit den neuen Sachen auf seinem Strohsack.

„Seien wir nicht undankbar, Belph." Satan strafte ihn mit einem bösen Blick. „Komm, jetzt, zieh dich an."

„Wir haben noch ein paar Minuten Zeit …", gähnte Belphegor. „Das Bad hat müde gemacht."

„Wenn wir nicht gleich fertig sind, wird der Herr bestimmt nicht gut auf uns zu sprechen sein. Komm, Belph, zieh dich an, du Faulpelz." Leviathan zog ihm die Decke weg. „Mach hin."

Wenig später traten die sieben Brüder pünktlich in den Saal. Die neuen Sachen passten auf Anhieb und mit den fein gescheitelten Schöpfen machten sie alle Ehre.

„So habe ich mir das gedacht, Kinder." Der Ritter thronte auf seinem Sessel und betrachtete seine Zöglinge wohlwollend. „Ihr habt eure Aufgabe gut gemacht, so will ich euch belohnen. Ich hoffe, die neuen Sachen machen aus euch auch neue Menschen. Morgen in der Früh wird euch der Kutscher wieder heimfahren, mit mehr im Gepäck als sieben wohlerzogenen Jungs. Ich hoffe, die Tage waren und bleiben euch eine Lehre. Mir hat es viel Freude bereitet zu sehen, dass doch mehr in euch steckt. Alle habt ihr mich überrascht. – Und nun lass die Mädchen herein, Hannes. Wir feiern Abschied."

Spät schliefen sieben glückliche Jungen in den neuen Morgen.

Superbia

Hochmut

Bleistiftzeichnung

Wiebke Worm

Mutter ist tot

Elmar Rieder

„Das Tolle am Internet ist, dass man sich über alles informieren kann. Also habe ich mich informiert. Über Gifte. So hab ich meine Mutter umgebracht, ohne dass es einer gemerkt hat. Nicht mal sie hat es gemerkt. Auch der Notarzt und die Ärzte in der Klinik nicht.

Es hat ja auch nicht lange gedauert, nach zwei Tagen war der Fall erledigt. Schicht im Schacht, sozusagen. Aus die Maus. Finito. Naja, das passiert uns allen mal. Jetzt liege ich hier in der Sonne und lasse sie mir auf den vollgefressenen Bauch scheinen.

Übrigens, darf ich Ihnen auch was zu Essen anbieten? Oder einen Drink?

Zu meiner Ehrenrettung muss ich sagen – eigentlich wollte ich das gar nicht. Also, nicht so richtig. Die alte Dame war im Prinzip gesund, aber der volle Hypochonder. Und reich. Das Vermögen hatte sie von meinem Vater geerbt, der vor dreizehn Jahren gestorben war. Und der hatte sich das richtig erarbeitet. Soweit ich weiß, hatte sein Vater im Krieg ein paar Gegenstände beiseite geschafft, die nach Kriegsende den Grundstock des inzwischen doch sehr soliden Vermögens bildeten. Gut gemacht, Opa, gut gemacht Papi!

Ich hatte zwar ein bisschen Pech, was die Finanzen anbetraf; mich hatte man kurz gehalten, weil ich das Studium hingeschmissen hatte und keine Arbeit fand. In Vaters Laden war ich eh nicht zu gebrauchen. Höchstens als schlechtes Vorbild. Aber ich war ja noch jung. Und geduldig. Ich meine, ich fuhr trotzdem Mercedes und Porsche, aber halt nur die Jahreswagen. Da war ich aber gottseidank nicht empfindlich. Am Golfspiel lag mir eh nichts und das bisschen Dope finanzierte ich mit links.

So hätte das Leben weitergehen können, was es auch tat. Aber meine Mutter erfreute sich bester Gesundheit und irgendeiner ihrer Brüder musste ihr wohl einen Floh ins Ohr gesetzt haben. Dabei sollte es doch einleuchtend sein, dass es Menschen gibt, die eben nicht für die Arbeit geschaffen sind. Verstehen Sie? Sie wurde langsam lästig. Und ein bisschen knauserig. Zu lästig und zu knauserig.

Mutter erzählte mir irgendwann mal, dass sie bei Vati ein bisschen nachgeholfen hatte. Sie war krank und dachte wieder mal ans Sterben. Da kam mir die Idee, dass man bei ihr auch ein bisschen ... Sie verstehen? Wobei, 79 Jahre sind doch genug, oder? Eigentlich wollte ich ja nicht, aber irgendwie ... Die Entscheidung war gar nicht so leicht. Sie hatte eh Probleme mit ihrem Herzen, ihrer Figur; ihre Zähne waren ein Grund zur ständigen Klage, sie war sowas von unzufrieden; ich denke, da war ihr Abgang eine richtige Erlösung. Tja, das ist alles. Halt, da fällt mir noch ein: der ganze Stress mit Beerdigung und so weiter.

Da hätte ich vielleicht doch lieber eine Kreuzfahrt vorgezogen. So einen Abgang über Bord bei hoher See, irgendwo im Mittelmeer oder der Karibik. Das hätte jede Menge Ärger erspart. Was für ein Aufwand! Behördengänge, Blumen, scheinheilige Mienen, Trauer, wo keine ist. Papiere und Papiere. Ich sage Ihnen: widerlich. Wirklich. Total ätzend.

Und ich als einziger Sohn, mein Gott. An mir blieb die ganze Arbeit hängen. Ihre Brüder, die ganze Verwandtschaft väterlicherseits. Cousins, ach, widerlich. Die habe ich nur einmal getroffen. Beim Rechtsanwalt. Zur Testamentseröffnung. Die hätten Sie sehen müssen. Alle in Dunkel und Schwarz, mit Taschentuch. Verlogene Bande. Die haben vibriert und gezittert! Wann macht der Anwalt das Kuvert auf? Wer erbt was? Mich hat gewundert, dass die ihre Anwälte nicht gleich mitgebracht haben, um an Ort und Stelle einen Widerspruch zu formulieren.

Und Anwälte! Also, das ist ja das Schrecklichste überhaupt. Hyänen sind goldige Kuscheltiere gegen die. Wenn ein Anwalt Geld wittert, wird er zum tasmanischen Teufel. Zur rasenden Wildsau. Ohne zu trampeln, ohne Geräusch. Aber unbeirrbar. Mit einem ganz feinen Näschen für die letzten Trüffel in der Börse der Erben. Aber egal. Ich habe es überstanden. Gott sei Dank.

Wissen Sie, ich habe nicht vor, wieder nach Deutschland zurückzukehren. Ich wüsste gar nicht, warum. Das Wetter ist nicht der Hit, die Landschaft, naja, die ist woanders mindestens genauso schön. Die Leute, oh jemineh, vergessen Sie doch die Leute.

Die sind wie Sie: dienstgeil, pflichtversessen, humorlos, grau, unerbittlich. Blockwartmentalität. Das Getratsche – furchtbar. Ich habe bis vor kurzem nicht gewusst, dass man mich darum beneidet hat, in einer Villa zu wohnen und ohne Arbeit zu sein. Dabei war die Villa gar nicht so groß. Die Nachbarvillen sind alle größer. Aber kann ich was dafür, wenn die Leute sogar mit 75 noch in ihre Fabrik springen und glauben, ohne sie läuft da nichts? Na also.

Ich bin ein Mensch der Ruhe und des Friedens. Man muss auch mal die Beine still und den Ball flach halten können. Und nicht mal diese Ruhe war mir vergönnt. Nichtstuer, sagten die Nachbarn hinter meinem Rücken. Nur gut, dass ich nicht allzu oft da war. Man hat ja schließlich gesellschaftliche Verpflichtungen. Ich sage Ihnen, das Leben ist nicht leicht.

Jetzt, wenn wir gerade so drüber reden, kann ich Ihnen ja erzählen, wer an meinem Tod interessiert ist. Glaube ich zumindest. Ich habe keine Kinder, keine Brüder, wer würde also erben? Meine Onkel und Tanten sind eh leer ausgegangen. Keine Verwandten ersten Grades, also auch kein Pflichtteil. Hähähä. Wusste ich gar nicht.

Vor vier Wochen war eine Cousine hier mit ihrem Freund, einem Anwalt. Mir war gleich klar, dass die beiden nicht koscher waren. Schicki-Micki-Anwalt; brachte mir erstklassigen Dope mit. Hier! Wo er fast um die Ecke rum wächst! Abends an der Bar luden sie mich zu einem Drink ein. Und weil ich Spieler bin, trank ich natürlich. Der saubere Herr Anwalt hatte auch einen guten Zug drauf. Hätte ich ihm, ehrlich gesagt, gar nicht zugetraut.

Wir haben uns eine Flasche Whisky gekrallt und sind runter an den Strand. Was soll ich sagen? Wir haben philosophiert. Geredet über Gott und die Welt.

Es war eine klare Nacht, Sterne ohne Ende, nur ein leises, gemütliches Plätschern der sanften Wellen, es war das Paradies, verstehen Sie? Und da wurde ihnen die Kümmerlichkeit ihrer verlogenen, gierigen, bürgerlichen Existenz bewusst. Diese Nacht war eine der wenigen, in denen ich richtig stolz darauf war, andere unter den Tisch saufen zu können. Ich sage Ihnen, der Anwalt war total besoffen. Was der alles erzählt hat … Eigentlich sollte ich jetzt gar nicht mehr hier sein.

Aber wie das Leben so spielt – die beiden haben sich dann in dieser lauen Nacht der Erkenntnis umgebracht. Also, wenigstens beinahe. Ich denke, es war ein Unfall. Oder ein unglücklicher Zufall. Eine Verkettung unglücklicher Umstände.

Ich hatte den Anwalt schon so weit, dass er auf meine Cousine verzichtet hätte. Aber sie nicht auf ihn. Sie gab ihm eine mächtige Ohrfeige, daraufhin ging er ihr an die Gurgel. Sie konnte sich befreien und wollte davonlaufen. Dabei ist sie über meinen Fuß, ich glaube, es war der linke, gestolpert. Dann war der Anwalt über ihr. Von hinten konnte ich nicht genau sehen, was er machte; ich hörte nur seine verbalen Entgleisungen, die ich hier nicht wiedergeben möchte. Ich musste lächeln. Lächeln darüber, dass auch ein Anwalt solche Worte kennt. Hatte ich doch wieder recht behalten: es gibt Situationen, da sind wir alle gleich!

Ich habe ihm dann angeboten, mit dem Boot hinaus zu fahren. Ich finde, eine Seebestattung hat etwas Majestätisches an sich und ist ökologisch sinnvoll, gerade in fischreichen Gewässern, wo sich auch größere Exemplare tummeln.

Der Herr Anwalt war furchtbar besoffen, sah aber die Notwendigkeit des Unternehmens ein. Er schleppte Cousinchen in das Schlauchboot mit Außenborder und wir fuhren hinaus. Ich lebe schon seit bald einem Jahr hier, ich kannte die Gegend damals schon sehr gut. War ja schließlich meine Wahlheimat, meine Ecke.

Sein Pech war, dass ihm niemand sagte, dass man besoffen nicht mit dem Boot fahren sollte. Ich meine, ich konnte wirklich nichts dafür. Ich fuhr eine scharfe Linkskurve und der Idiot fällt über Bord. Hat sich nicht festgehalten. Ich habe ihn noch gesucht, aber nachts auf offener See ist das nicht leicht. Ich hab mich volle fünf Minuten bemüht. Keine Chance.

Naja, was sollte ich tun? Was konnte ich tun?

Meine Cousine erhielt eine würdige Seebestattung. Jetzt war sie wieder mit ihrem Liebling vereint."

Hier endete seine Erzählung.

„Und jetzt, Herr Kommissar, was machen Sie jetzt?"

Der Kommissar sah auf, rief sich wieder in die Gegenwart zurück und sagte:

„Jetzt verhafte ich Sie wegen Mordes. Wegen Mordes an ihrer Mutter."

„Sehen Sie", sagte sein Gegenüber, „wie ich schon sagte: dienstgeil, pflichtversessen und humorlos. Sie können mich hier nicht verhaften. Sie haben hier keine Befugnisse; es gibt kein Auslieferungsabkommen mit Deutschland."

„Da wäre ich mir nicht so sicher", sagte Kommissar Klenkel, „bei Mord liefern alle Staaten aus."

„Wie wollen Sie mir Mord nachweisen? Gibt es Spuren? Das was ich Ihnen hier erzählt habe, kann genauso gut auch eine Geschichte sein. Sie haben keine Beweise und ich habe nichts gestanden!", sagte sein Gegenüber.

„Da wäre ich mir aber gar nicht sicher", sagte der Kommissar, „wir haben in der Leiche Ihrer Mutter Zyanide gefunden. Eine sehr hohe, absolut tödliche Dosis."

Der andere schwieg. Wie konnte das sein? Er hatte doch Rizin verwendet; ein Gift, das schon in kleinen Mengen tödlich wirkt und leicht aus der Rizinuspflanze zu gewinnen ist. Und den Drink mit dem Gift hatte er ihr höchstpersönlich verabreicht. Was zum Teufel war da schiefgegangen?

Der Kommissar winkte die beiden einheimischen Polizisten herbei. Sie führten den Junior-Erben des Stelzer-Imperiums ab. Stelzer junior überlegte sich ernsthaft, was da wohl schiefgegangen war.

Aber er hatte ein sonniges Gemüt, eiserne Nerven, Geld für Anwälte – eigentlich konnte ihm nichts passieren. Vielleicht war es eine Finte des Staatsanwalts. Er hielt alles für möglich.

Dennoch war er ein bisschen unruhig. Sein gutes Dope war weg. Er würde zumindest die nächsten Tage kein gemütliches Tütchen rauchen können. Und das ärgerte ihn mächtig.

Zyanide. Hm, das konnte nicht sein. Er wusste nichts von Zyaniden. Er hatte Rizin verwendet. Praktisch nicht nachweisbar. Und jetzt sollte Zyankali dabei sein.

Stelzer junior saß in U-Haft. Nicht, dass es ihm schlecht gegangen wäre, aber das Wetter hier entsprach ebenso wenig seinen Erwartungen wie seine Mitbewohner und die Verpflegung.

Zwei Tage später erhielt er Besuch von seinem Onkel. Den kannte er kaum noch, solange war ein letztes Treffen her. Er konnte sich fast nicht erinnern. Paul war ein Bruder seiner Mutter. Was der wohl wollte? Auf welchem Platz der Erbfolge stand der wohl? Einer von denen, die nichts erhielten, oder?

Die Begrüßung fiel beinahe frostig aus. Man konnte spüren, dass Onkel Paul Stelzer junior nicht sympathisch fand. Aber er hielt ihm einen Brief an die Trennwand, und Stelzer junior konnte lesen:

Mein lieber Sohn,

wenn du diese Zeilen liest, bist du dort, wo du hingehörst. Mir ist längst klar, dass du mein baldiges Ableben so sehr wünschst, dass du nachhilfst, wenn du kannst.

Ich weiß, dass du raffiniert und intelligent bist, deshalb habe ich diesen Brief geschrieben, den du jetzt liest und den mein Bruder Paul wieder mitnehmen wird.

Ich glaube, dass du nach einer Möglichkeit suchst, mich loszuwerden und zu beerben. Ich glaube, dass es dir gelingen wird, eine solche Möglichkeit zu finden.

Ich will aber, dass du für diese, deine Bemühungen bestraft wirst.

Deshalb habe ich Paul gebeten, an dem Tag, da ich im Krankenhaus liege und nicht mehr damit zu rechnen ist, dass ich noch einmal auf die Beine komme, möge er mir Zyankali in ausreichender Menge verabreichen.

Ich wünsche dir ein langes Leben hinter Gittern.

Herzallerliebste Grüße aus dem Paradies

Die Rache der kleinen Frau

Jürgen Spreemann

Herr Direktor Obermack war mal wieder unausstehlich. Man wusste nie, in welcher Laune er war, wenn er morgens ins Büro kam. Wenn er schlecht gelaunt war, schnauzte er fast alle an, außer natürlich seine persönliche Sekretärin, die sein Terminbuch führte, ihn an seine Verabredungen erinnerte, für ihn das Taxi bestellte, ihm den Kaffee auf den Schreibtisch stellte und ihm auch andere Dienste erwies.

Was man sich unter diesen anderen Diensten vorzustellen hatte, das wusste die Buchhalterin, Frau Kleinau, ganz genau.

Ihr Büro befand sich direkt neben dem Büro des Chefs, was ihr den Vorteil verschaffte, erstens genau zu wissen, wer bei ihm ein- und ausging, zweitens, was sich drinnen abspielte. Die Geräuschkulisse ruhiger Gespräche mit Geschäftsleuten war durchaus eine andere, als die von ausgelassenem Gelächter begleiteten Séancen, die der Chef mit seiner persönlichen Sekretärin hatte.

Herr Obermack sah gut aus: großgewachsen, gute Figur, ein männlich-markantes Gesicht, umrahmt von dichtem, schwarzem Haar, das er trug wie Elvis Presley. Kein Wunder, dass jedes Mal, wenn die Stelle der persönlichen Sekretärin frei war, eine Fülle von Bewerbungsschreiben einging. Fotos mussten mitgeschickt werden, und Obermack traf stets eine rasche Entscheidung. Doch viel länger als zwei, drei Monate blieb keine bei ihm. Sie wurden verbraucht, durchaus nach dem Prinzip der Wegwerfgesellschaft: einmal benutzt, dann weggeworfen. In Obermacks Welt hieß das: erst ein paar Witze gemacht, dann ihr auf den Po geklatscht, dann zum Essen eingeladen, dann mit ihr geschlafen, dann entlassen.

Frau Kleinau wusste genau, warum sie nicht das gleiche Schicksal ereilte. Sie hatte ihre Stellung in diesem Produktionsbetrieb schon seit fast zwanzig Jahren und sie war nie in Gefahr gewesen. Warum? Weil sie einfach nicht attraktiv war. Sie war eher klein und nicht sonderlich schön. Ihre Haare hatten ein matte Mischfarbe aus brünett und dunkelblond, ihr Busen war eher flach zu nennen und ihr Hintern so, dass kein Mann Lust bekam, drauf zu klatschen. Auf der Nase trug sie wegen ihrer Kurzsichtigkeit eine Brille, die ihr Gesicht nicht gerade verschönerte. Kurzum, sie war eine kleine, graue Maus.

Aber eine nützliche. Hatte sie doch zwei Jahrzehnte lang die Buchhaltung gemacht und kannte den Betrieb in wirtschaftlicher Hinsicht wie kein anderer.

Ihre Meinung über den Chef war keine gute. Sein Verhalten war von Hochmut geprägt, denn er wusste, dass er mächtig war. Er behandelte seine Angestellten dementsprechend autoritär und arrogant. Seine Entscheidungen traf er zumeist allein, selten dass er den Rat von Fachleuten einholte. Sein Glaube, dass sein Betrieb eine Goldgrube sei, war unerschütterlich. Ja, es ging zwar im Großen und Ganzen gut, Gewinne kamen regelmäßig rein, Kapital wurde gebildet, die Konten waren gefüllt.

Aber nach Meinung von Frau Kleinau versäumte es Direktor Obermack, den Betrieb zu modernisieren. Er informierte sich zu wenig über das, was in der Wirtschaft vorging, und traf Entscheidungen, die nicht zukunftsorientiert waren. Sie hatte als Buchhalterin manches Mal versucht, ihn vorsichtig darauf hinzuweisen, dass es Dinge gab, die anders gemacht werden könnten, aber er hatte sie dann stets nur verächtlich angesehen und sie ins Büro zurückgeschickt mit der Anweisung „Kümmern Sie sich um die Buchhaltung und, wenn Sie damit fertig sind, um die Canapés."

Es war nämlich so, dass jedes Mal, wenn irgendwelche Meetings waren, neben Kaffee und Tee Canapés gereicht wurden, und die musste sie machen, Frau Kleinau, weil die persönliche Sekretärin meinte, das gehöre nicht zu ihrem Aufgabenbereich. Es gehörte aber natürlich auch nicht zu dem Aufgabenbereich der Buchhalterin, aber sie machte es halt, aus Gutmütigkeit, und um ihre Stellung nicht zu gefährden. Mittlerweile war sie Spezialistin, was Canapés betraf: es gab die mit Schinkenpaté, die mit Pfeffersalami, die mit Fischfrikadelle, die mit Carpaccio und so weiter, und so weiter. Dazu wusste Frau Kleinau stets, wenn der Chef es wünschte und das Meeting positiv ausgegangen war, einen passenden Wein zu kredenzen. Nun, man kann sagen, das war gewissermaßen das Band, das diese verletzliche Gemeinschaft von Chef und Buchhalterin zusammenhielt: nicht etwa ihre fachlichen Leistungen, sondern die Canapés und der Wein. Und das schien mehr Dauerhaftigkeit zu gewähren als das sexuelle Vergnügen, das der Chef mit seinen persönlichen Sekretärinnen hatte. Dennoch fühlte Frau Kleinau sich missachtet. Sie hätte sich manchmal ein lobendes Wort von ihrem Chef gewünscht, einfach ein bisschen Anerkennung für ihre fachlichen Qualitäten und Leistungen. Aber in diesen zwanzig Jahren war nicht ein einziger positiver Kommentar aus seinem Mund gekommen. Nicht einer!

Dann geschah etwas, womit keiner gerechnet hatte: die Finanzkrise. Der Betrieb war davon hart betroffen und kam finanziell ins Schlingern. Schon tauchten andere, größere Firmen auf, die Obermacks Betrieb aufkaufen wollten. Eine ganze Weile konnte der Direktor sich dieser Versuche erwehren, doch als er kurz vor dem Konkurs war, gab es kein Entrinnen mehr. Er lud die Firma Winterlach, mit der er schon länger in Kontakt war, zu einem Meeting ein und schlug vor, dass man eine gemeinsame Strategie fände, wie diese zwei Firmen zu vereinen seien. Natürlich rechnete er sich dabei Chancen aus, in der Firmenunion einen guten Posten zu bekommen und rasch Karriere zu machen. Es kam aber alles ganz anders.

Das Meeting wurde geleitet von dem Chief Executive Officer Frau Görlpauer. An die fünfzig Canapés waren von Frau Kleinau gemacht worden, was sie einige Stunden ihrer Arbeitszeit kostete. Den passenden Wein dazu hatte sie bereits in den Kühlschrank gestellt. Dann aber musste sie dabei sein und über die Lage der Firma aus ihrer Perspektive, der der Buchhalterin, berichten.

Eigentlich wollte Direktor Obermack sie gar nicht zu Wort kommen lassen. Er hatte Angst, dass die kleine, graue Maus keinen guten Eindruck machte, und dass sie alles verpatzen würde. Aber Frau Görlpauer bestand darauf, dass Frau Kleinau sich äußerte, und zwar solle sie ganz ehrlich sein.

„Nun, wenn es nach mir gegangen wäre, dann hätte ich die Produktion schon längst in verschiedene Sparten aufgeteilt. Einige weniger rentable Sparten könnten verkauft werden. Den Gewinn aus dem Verkauf hätte man in die Modernisierung der Produktion stecken können. Besonders die Digitalisierung steht an, was man aber zusammen mit Partnern in der Branche bewerkstelligen müsste. Durch Kooperation und Partnerschaft kann man an der Vernetzung der gesamten Wertschöpfungskette arbeiten und dadurch die Gewinne des eigenen Betriebes maximieren."

Frau Görlpauer schien beeindruckt, was man an dem Runzeln ihrer Stirn bemerken konnte. Dann fragte sie: „Was würden Sie denn mit den Gewinnen machen, die nicht in die Modernisierung gesteckt werden?"

Frau Kleinau zögerte ein wenig, denn sie wusste, dass das Nächste, was sie sagen würde, Kritik am Chef bedeuten würde. Aber Frau Görlpauer nickte ihr freundlich zu.

„Nun, ich bin der Meinung, dass allzu viel von unserem Kapital sich in großen Fonds befindet. Dabei ist doch bekannt, dass die Outperformance mit steigendem Volumen dieser Fonds abnimmt."

„Hat Herr Obermack in diese Fonds investiert?" fragte CEO Görlpauer.

„Ja."

„Und haben Sie ihm ihre Bedenken vorher mitgeteilt?"

„Ja, das habe ich."

„Fahren Sie fort. Was hätten Sie denn gemacht?"

Herr Obermack rutschte während dieses Gesprächs unruhig auf seinem Stuhl hin und her. Seine Gesichtsfarbe wechselte zwischen Blässe und Röte, mit den Fingern spielte er nervös an seiner Krawatte herum.

„Nun", fuhr Frau Kleinau fort, „man sollte Wandelanleihen nicht unterschätzen. Gerade für mittelfristig anlegende Investoren gibt es da ein attraktives Chance-Risiko-Verhältnis. Wäre Herr Direktor Obermack damals meinem Vorschlag gefolgt, hätten wir mit unserem Geld bereits eine doppelt so hohe Rendite erwirtschaftet, und die Finanzkrise problemlos überstanden."

Frau Görlpauer lächelte. Dann beugte sie sich vor und sagte, während sie Frau Kleinau tief in die Augen blickte:

„Jetzt sagen Sie mir bitte mal ganz ehrlich: Was halten Sie von Ihrem Chef?"

Frau Kleinau erschrak. Sollte sie wirklich ganz ehrlich sein? Aber sie hatte keine Wahl.

„Also, ich habe Zweifel an der Führungskompetenz von Herrn Obermack. Gut, es kann nicht jeder Charisma haben, aber eine Vision sollte man haben. Man kann nicht einfach im Chefstuhl sitzen und alles nach dem alten, bewährten Muster verwalten. Es geht darum, die Mitarbeiter zu motivieren, ihnen das Gefühl zu geben, dass sie Teil eines Teams sind, und ihnen das gemeinsame Ziel vor Augen zu führen. Es ist die Aufgabe des Chefs, jedem einzelnen Mitarbeiter deutlich zu machen, welchen Wert seine Arbeit in dem gesamten Produktionsgefüge hat. Ein Mitarbeiter, der weiß, dass seine Arbeit geschätzt wird, wird mehr leisten, als einer, dem nur die eigene Austauschbarkeit täglich vor Augen geführt wird."

Herr Obermack sprang auf. Er rief empört: „Austauschbarkeit? Wovon reden Sie, Frau Kleinau?"

„Ich rede von Fakten, Herr Obermack." gab Frau Kleinau ruhig zur Antwort. „Unsere Personalsituation ist von großer Fluktuation geprägt. Vor allem…"

Sie zögerte eine Weile, dann sagte sie:

„… was Ihre persönlichen Sekretärinnen betrifft, von denen keine länger als drei Monate geblieben ist. Alle mussten sie gehen, nachdem Sie, Herr Obermack, diese Frauen hinreichend ausgenutzt haben."

„Was fällt Ihnen ein?" brüllte er.

CEO Görlpauer aber sagte nur ganz ruhig:

„Setzen Sie sich wieder hin, Herr Obermack. Hier gibt es nichts zu diskutieren. Wir, die Firma Winterlach, werden Ihre Firma zu den bereits abgesprochenen Bedingungen aufkaufen. Sie, Herr Obermack, werden nicht zu dem Team der neuen Firmenunion gehören. Das wird hingegen Frau Kleinau, die ich darum bitte, Oberbuchhalterin in der Firmenunion zu werden, und die ich, darüber hinaus, als meine persönliche Beraterin engagieren werde."

Frau Kleinau war überrascht. Ja, das wollte sie natürlich gerne. Sie wollte endlich einmal irgendwo arbeiten, wo sie gesehen wurde und wo sie nicht nur die kleine, graue Maus war.

„Aber", sagte sie dann leise, „wer wird die Canapés machen und den richtigen Wein aussuchen? Vielleicht sollten wir doch jemanden dafür haben. Also, der einzige von den Anwesenden, der die dafür notwendige Kompetenz hätte, wäre der Herr Obermack. Was meinen Sie, Frau Görlpauer?"

Aber da war Herr Obermack schon aufgesprungen und durch die Tür verschwunden.

CEO Görlpauer lachte nur und schloss die Akten.

Avaritia
Habgier

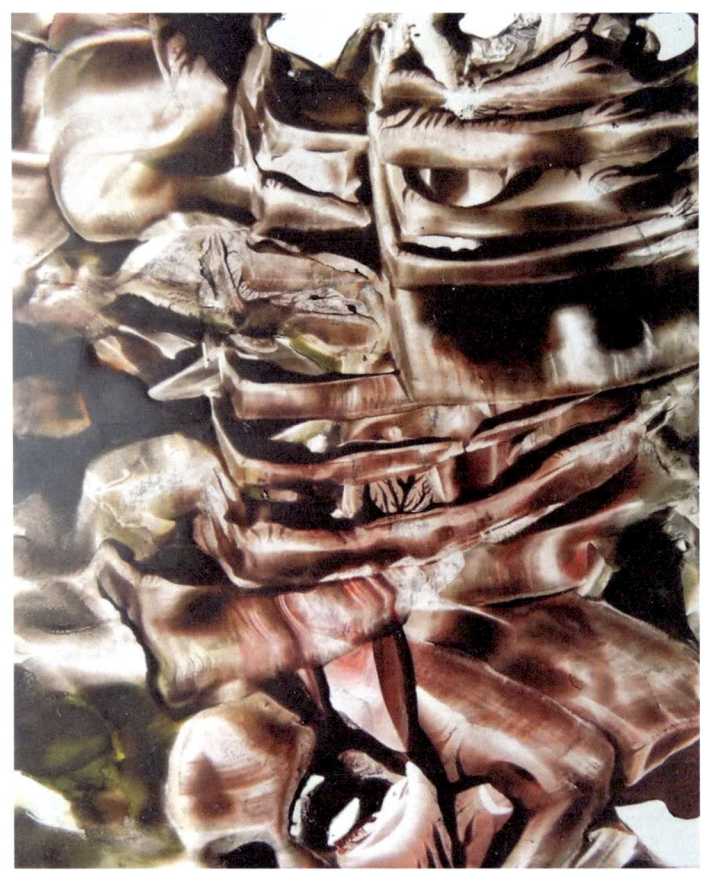

Encaustic-Malerei „Gier"

Dieter Annecke

Die Gier

Wilfried Schmickler

Was ist das für ein Tier, die Gier?
Es frisst an mir,
Es frisst in dir,
Will mehr und mehr
Und frisst uns leer.

Wo kommt das her,
Das Tier, und wer
Erschuf sie nur,
Die Kreatur?

Wo ist das finstre Höllenloch,
Aus dem die Teufelsbestie kroch,
Die sich allein dadurch vermehrt,
Indem sie dich und mich verzehrt?

Und wann fängt dieses Elend an,
Dass man genug nicht kriegen kann
Und plötzlich einfach so vergisst,
Dass man doch längst gesättigt ist
Und weiter frisst und frisst und frisst?

Und trifft dann so ein Nimmersatt
Auf jemanden, der etwas hat,
Was er nicht hat und gar nicht braucht,
Dann will er's auch.

Wie? Das soll's schon gewesen sein?
Nein, einer geht bestimmt noch rein!
Und überhaupt – da ist doch wer,
Der frisst tatsächlich noch viel mehr.
Und plötzlich sind sie dann zu zweit:
Die Gier und ihre Brut, der Neid.

Das bringt mich noch einmal ins Grab,
Dass der was hat, das ich nicht hab,
Dass der wo ist, wo ich nicht bin,
Das will ich auch, da muss ich hin!

Warum denn der?
Warum nicht ich?
Was der für sich,
Will ich für mich!

Der lebt in Saus
Und lebt in Braus
Mit Frau und Hund und Geld und Haus
Und hängt den coolen Großkotz raus.

Wahrscheinlich alles auf Kredit,
Und unsereiner kommt nicht mit.
Der protzt und prahlt
Und strotzt und strahlt.
Wie der schon geht.
Wie der schon steht.
Wie der sich um sich selber dreht.

Und wie der aus dem Auto steigt
Und aller Welt den Hintern zeigt.

Blasierte Sau!
Und seine Frau
Ist ganz genau
So arrogant
Und degoutant!

Und diese Blagen,
Die es wagen
Die Nasen so unendlich hoch zu tragen!

Dann hört er aber auf, der Spaß! –
So kommt zu Neid und Gier der Hass.

Und sind sie erst einmal zu dritt,
Fehlt nur noch ein ganz kleiner Schritt,
Bis dass der Mensch komplett verroht
Und schlägt den anderen halbtot.

Und wenn ihr fragt:

Wer hat ihn bloß so weit gebracht?
Das hat allein die Gier gemacht!

Luxuria
Wollust

„Sonntagnachmittag"

Anke Noreike

Marga

Michael Lohmann

Dass er da saß, wunderte sie nicht. Manchmal saßen da Kerle in ihrer Küche, morgens, wenn Bruno schon in die Praxis gefahren war. Sie saßen da – und sie verschwanden auch wieder. Oft drehte sie sich beim Stricken nur um, auf einen Blick zur Forsythie im Garten. Dann wieder zum Kerl, und schwups, weg war der. Und beim nächsten Schwups war er wieder da.

Dieser war anders.

Dieser war nicht wegzuschwupsen. Dieser sah aus wie Clark Gable in seinen besten Zeiten. *Vom Winde verweht* und so. Menjou-Bärtchen. Schwarzer Cut, die Schwänze des eleganten Tuchs touchierten sanft den Küchenboden. Polierte Haare wie Gustav Gründgens als Mephisto. Stechende Augen. Er stützte sich auf einen Spazierstock mit elfenbeinem Knauf. Und er redete sogar.

„Überrasche ich Sie?", fragte er.

„Sollten Sie?"

„Ich bin im Namen des Herrn unterwegs."

„Das sagen viele. Wie gefällt Ihnen meine Forsythie?"

„Alles vergänglich, sagt mein Herr und Meister."

„Die blüht seit 25 Jahren. Sie ist beständig. Ich liebe Beständigkeit. Wer ist Ihr Herr und Meister?"

Clark Gable – heimlich nannte sie ihn Clarkie – schaute zur Decke. „Da oben ist er, der Herr."

Marga schaute ebenfalls zur Decke. „Hat Elenka nicht gut geputzt? Hat sie wieder die Spinnweben vergessen?"

„Ich rede nicht von der Decke. Ich rede von ganz da oben. Folgen Sie mir!"

Er stand auf. Marga sah, dass er hinkte. Er zog ein Bein nach. Er zog es nicht nur nach. Das nachgezogene Bein klackerte vielmehr über die Fliese der Küche, als trüge Clarkie Plättchen unter den schwarzen Stiefeletten. Der Cut ging zur Tür. Marga folgte ihm. „Ich will nicht, dass die Nachbarin Sie sieht … was soll mein Mann? … das geht nicht."

„Kommen Sie, Sie wollten doch wissen, wo mein Herr und Meister wohnt."

Sie standen vor der Tür. Reihenhaussiedlung. Mittelreihenhaus. Vorort. Der Lebensraum für Lebensträume. Das Biotop des Bürgertums. Links der Wald, rechts die Großstadt, besser: die U-Bahn zur Großstadt.

Clarkie blickte zum Himmel und Marga sich um. Keine Nachbarin, die spionierte.

„Da oben ist er! Ganz oben."

„Wo?"

„Ganz, ganz oben!"

„Im Himmel?"

„Na, endlich. Wie sagt ihr das mit dem Groschen, der fällt?"

„Sie kommen von ganz oben. Als Engel?"

„Das Gegenteil. Aber dennoch von ganz oben."

„Teufel? Lassen Sie uns bitte wieder reingehen."

„Na, ich bin in seiner Abteilung. In der vom Teufel. Wir sind besser organisiert als jeder Großkonzern auf Erden. Ich bin in der Abteilung Erdenwesen Querstrich Sünder Querstrich Erbsünde Unterstrich Todsünde Nummer 3, Luxuria. Und dort im Außenvollzug, besser bekannt als die Schwadron für Strafmaßnahmen und anderes Endzeitliches. Man nennt uns auch die *Apo-Calls*."

„Aha. Können wir bitte wieder rein? Ich benötige einen Tee."

„Und ich benötige mein Arbeitswerkzeug. Ich habe es um die Ecke gestellt, um Sie nicht zu erschrecken."

„Was ist Ihr … Arbeitswerkzeug?"

Clarkie ging um die Ecke und kam aus dem Nichts wieder zurück. „Dieses hier." Er hatte eine Sense in der Rechten. Clarkie lächelte.

„Sind Sie Bauer? Kommen Sie vom Feld?"

„Kann man so sagen. Ich bestelle den Acker des Herrn. Ich reinige ihn. Also den Acker, nicht den Herrn. Der Herr bedarf keiner Reinigung. Der Herr ist das Reinste überhaupt. Ich reinige mit der Sense."

„Bei mir reinigt Elenka. Und sie macht das gut … naja, meistens jedenfalls. Wir sind zufrieden. Bruno und ich. Darf ich Ihnen einen Tee anbieten? Morgens nehme ich immer den Mach-den-Tag-zu-deinem-Liebling-Tee aus wasserfreien Blasius-Pflanzen und Eukalyptus, reinigt Herz und Seele und sorgt für ein langes Leben."

Clarkie grinste so charmant, dass Marga gar nicht umhin konnte, verlegen zu werden. Er grinste sein Clark-Gable-Grinsen, das so viel sagte wie *So kann man sich täuschen …*

„Danke, ich habe nicht viel Zeit. Heute stehen vierundvierzig Erledigungen auf meiner To-do-Liste. Ich wollte mit Ihnen beginnen, weil Sie so allein in der Küche saßen."

„Aha, was hat das denn mit mir zu tun?"

„Sie haben den Sinn meines Hierseins nicht umrissen, nicht wahr, Marga?"

„Nicht wirklich. Aber ich will mir diesen Morgen nicht von Ihnen verderben lassen. Ich hol' mein Strickzeug. Ich stricke morgens immer, falls mal Enkel kommen sollten. Und für die Dritte Welt, die brauchen ja auch was Warmes. Ich hol' meinen Korb."

Marga verschwand. Clarkie wunderte sich. Marga kam wieder mit einem Weidenkorb und machte sich daran, einen bunten Schal mit zwei Stricknadeln zu bearbeiten.

„Sollten Sie auch mal machen, beruhigt ungemein. Und dann der Tee. Das ist mein Morgen, seit 24 Jahren und sieben Monaten und vier Tagen, so lange sind wir verheiratet, der Bruno und ich.

Sie schaute rüber zu Clarkie, der sehr sprachlos war. Und da er schwieg, sagte sie: „… und Sie mit Ihren Abteilungen. Und dann die Sense und irgendwas mit Erbsünde. Ich bin getauft, katholisch, da macht die Taufe die Erbsünde weg."

„Nein, da hat unsere Abteilung für irdische *Public Relations* in Rom komplett versagt. Wie so oft. Komplettversager in Uniform. Wir nennen sie die Trachtengruppe Gottes. Naja, nicht immer. Aber der Herr und Meister mag diese Wortspiele. Also, um das mal klarzustellen: Die Taufe gibt Ihnen die Gelegenheit, sich von der Sünde fernzuhalten und im Sinne des Herrn zu leben. Und was machen Sie? Nun, wir sehen über die lässlichen Sünden hinweg. Mal eine Lüge, mal ein kleiner Mord, mal ein fetter Betrug. Wir können ja nicht jeden Bank-Angestellten … Paaaah, alles Sachen für den Beichtstuhl. Das mit dem

Beichtstuhl haben die PR-Fritzen in Rom gut gemacht, sagt sogar der Herr."

„Ja, und?"

„Unsere Abteilung, die Abteilung für Todsünden, kümmert sich um die Hardcore-Kandidaten. Also Saddam, Stalin und die Nordkoreaner und Konsorten. Und Ihren damals ... Viele jetzt in Afrika. Fürchterliche Menschen, diese Diktatoren. Wir entsorgen die."

Clarkie schaute auf seine Sense. „Rückstandsfrei."

„Aha. Interessant, das muss ich Bruno heute Abend erzählen. Der ist politisch sehr interessiert. Nun doch vielleicht einen Tee? Der ist wirklich gut und sorgt für ein langes Leben."

Marga schaute Clarkie an und sagte leise: „Sie sehen ja nett aus, so mit diesem Smoking ..."

„Cut, das ist ein Cut."

„... mit diesem Cut und so. Aber wenn ich mir das recht überlege, nach allem, was Sie jetzt sagen ... sind Sie der Tod? So wie Sie hinken, und mit der Sense, und dann das Klackern ..."

Clarkie strahlte. „Na endlich! Und das Klackern, das haben die in Rom auch versaubeutelt. Die machten im Mittelalter daraus einen Pferdefuß. So ein Unsinn! Plättchen, Eisenplättchen, bei uns geschmiedet. Himmlische Wertarbeit."

„Ist denn die Hölle ...?", wollte Marga einwerfen.

„Da hat die römische Laienspieltruppe noch mal versagt. Nein, die Abteilung *Hölle* ist direkt da oben. Mit einer dollen Schmiede für die Plättchen. Die sind unser Markenzeichen, sozusagen unsere *Corporate Identity*. Wir sind eine Hauptabteilung. Der Herr ist oft bei uns und palavert mit meinem Chef, übrigens ein sehr unangenehmer Endzeit-Genosse. Seien Sie froh, dass der heute verhindert war. Aber Sie werden ihn ja gleich kennenlernen ..."

„Wieso das?"

„Na, ich nehm' Sie mit. Meinen Sie im Ernst, ich sei zum Spaß hier und unterhalte mich mit einer Frau im geblümten Morgenmantel, weil mir der Himmel auf die Erde fällt? Muss ich deutlicher werden?"

„Nein."

„Na, also."

„Aber warum? Was werfen Sie mir vor?"

„Ich erwähnte es eben schon. *Luxuria.* Das ist meine Abteilung. Ich steige bald auf, dann leite ich zwei Abteilungen. Und so weiter. Sie haben nie Latein gehabt, denke ich mal."

„Nein, mein Mann, der ist Arzt. Der kann das. Ich hab' Arzthelferin gelernt …"

„*Luxuria* oder *voluptas* nennen wir das."

„Und was ist das?"

„Wollust. Sie sind der Wollust angeklagt, einer der sieben Todsünden, die andere Sünden nach sich ziehen. Die Schnarchnasen in Rom haben es jahrhundertelang versäumt, unsere klare Ablehnung der *luxuria* deutlicher zu machen. Die Pappenheimer da, die reden immer nur von Körperlichkeit und verbotener Lust und sexueller Erfüllung. Dagegen haben wir nichts. Aber die Wollust … Herrschaftszeiten, da wird sogar mein Herr und Meister knallrot, wenn ich ihm berichte."

„Und was hat das alles mit mir zu tun?"

„Marga, Sie enttäuschen mich!"

„Wieso?"

„Na, Sie wissen doch am besten über Ihr wollüstiges Leben Bescheid. Und was Sie nicht wissen, das weiß Ihr Mann. Wenn der mal alles weiß. Und Sie über ihn …"

„Na, hören Sie mal …"

„Typisch für Schwerstfälle *Kategorie 5.1 Unterstrich heavy*. Wenn es hart auf hart kommt, erst mal leugnen."

Clarkie zog ein iPad aus dem Cut, wischte über die Oberfläche und tippte herum. „Marga … ja, da sind Sie. Habt ihr übrigens gut gemacht, diese Geräte. Ließen sich ruckzuck mit unserem Server da oben synchronisieren."

„Aha."

Marga strickte weiter.

„44.3z4dLUXpnd.3884. Ihre Akte. Schwerste Wollust. Marga, das hätte ich nicht gedacht. Ich hätte Sie früher holen müssen. Viel zu spät. Sie haben 3.456 Menschen gründlichst verdorben, davon 34,743 Prozent Frauen. Und Ihr Mann war nicht immer dabei. Marga!"

„Ich weiß nicht, was Sie wollen. Dieser ganze digitale Kram, Computer und so. Hat mich nie interessiert."

Marga strickte, Clarkie wischte über das iPad, versteckte es unter dem Jackett und griff zur Sense.

„Ich will wenigstens noch diesen Schal fertigmachen, der ist für Namibia, da unten. Wenn Sie mich schon mitnehmen müssen. Was wird denn mein Mann denken? Wie tarnen Sie das? Herzinfarkt?"

„Ja, das Übliche. Mich wunderte nur … Ihr Mann heißt … Bruno?"

„Ja."

„Gleiche Adresse?"

Nun schien Marga zu begreifen. „Na, hören Sie mal! Das mit der Wollust ist blanker Unsinn. Da … ich muss rotwerden. Da … war nie viel, und wenn, dann mit meinem Mann, Sie …!"

„Noch einmal: Gleiche Adresse?"

„Natürlich!"

Clarkie griff wieder zum iPad, das, wie Marga jetzt wahrnahm, mit den Engelchen aus der *Sixtinischen Kapelle* beklebt war. „Mich wundert, dass wir Ihren Bruno nicht auf Server LUX.Q783 haben."

„Vielleicht stimmt das Ganze nicht. Bruno macht dann immer sein Gerät aus und wieder an. Und manchmal sagt er was von einem *Abbdeit* oder so."

Clarkie drückte und wischte und tippte. Marga strickte.

„Marga", sagte Clarkie dann, „Marga, wie oft stricken Sie?"

„Sagte ich doch schon, seit fast 25 Jahren jeden Tag, auch im Urlaub, auch zu Weihnachten, immer vier bis sechs Stunden, immer schau ich mir die Forsythie an und das inspiriert mich. Der Tee auch. Wollen Sie nicht doch einen?"

„Herrschaftszeiten, halten Sie's Maul, einmal im Leben!"

„Na, hören Sie mal! Sie sind mein Gast, auch wenn Sie aus dem Himmel kommen …" Marga bekreuzigte sich. „… können Sie doch nicht …"

„So ein Affenteufelsarschdrecksscheiß, zur Hölle mit der IT-Abteilung da oben! Nur Mist im Hirn, diese Arschkrampen! Programmieren wie Bill Gates mit 13! Aber die Klappe aufreißen! Aber immer sich wie *qui sedet at dexteram patris* benehmen."

„Was ist denn das?"

„Sitzen zur Rechten Gottes. So nennen wir da oben Jesus, unsere Nummer 3, nach Maria."

„Und was führen Sie sich so auf, Sie?"

„Die haben ein L übersehen …"

„Wer?"

„Die Vollpfosten von der H-IT."

„Was ist das?"

„Himmlische IT."

„Und?"

„Bei Ihnen steht *Wolllust*, also Woll-Lust. Kein Wunder. Aber das haben die Blödmannsgehilfen …"

Lulu in Luxuria

Jürgen Spreemann

Jetzt würde es sich entscheiden. Melina saß aufgeregt in dem Vorraum, zusammen mit den anderen Schülerinnen der Schauspielschule „Thalia", und wartete darauf, in den Proberaum hereingerufen zu werden. Man hatte alle Schülerinnen der Abschlussklasse hergebeten, weil der Regisseur des örtlichen Theaters unbedingt eine möglichst junge und damit noch unerfahrene Schauspielerin suchte, mit welcher er die Rolle der „Lulu" in dem bekannten Stück von Frank Wedekind besetzen wollte. Dies war eine einmalige Chance und konnte das Sprungbrett in die Welt des Theaters sein, der Anfang einer vielversprechenden Karriere. Noch vor Abschluss der Ausbildung eine Hauptrolle angeboten zu bekommen, war ein Karrierestart, den man nur mit einem Raketenstart vergleichen konnte.

Entsprechend aufgeregt waren die versammelten jungen Frauen. Kaum eine schaffte es, den Mund zu halten. Alle mussten ihrer Aufregung in entenartigem Geschnatter Ausdruck verleihen, nur Melina verhielt sich ruhig. Sie dachte zurück an ihre Kindheit.

Zu oft schon war sie in schwierigen Situationen gewesen. Immer hatte sie es geschafft, sich aus eigener Kraft emporzuarbeiten. Schon in frühen Jahren war ihre Mutter gestorben, und ihr Vater konnte, so sehr er sich auch bemühte, kein Ersatz für die Mutter sein. Es wäre übertrieben gewesen, ihn einen Alkoholiker zu nennen, aber eine starke Zuneigung zum Alkohol hatte er durchaus. Deswegen war es stets Melina, die, wenn sie nach der Schule nach Hause kam, für sich und den Vater das Essen machen musste. Sie hatte keine Geschwister, sie stand allein mit der ganzen Last des Haushalts, mit den Schularbeiten und mit der Unterstützung des Vaters, der, wenn er betrunken war, hilflos war wie ein kleines Kind.

Trotz der schwierigen Situation hatte sich Melina ihren Optimismus und ihre fröhliche Offenherzigkeit, die ihr Wesen kennzeichneten, bewahrt. Wenn es am Ende des Monats mit dem Geld knapp wurde, weil ihr Vater mal wieder alles vertrunken hatte, ging sie zum Blumenladen und bat darum, hundert Rosen verkaufen zu dürfen. Abends machte sie sich dann mit diesen Rosen auf, um sie auf der Straße oder in Gaststätten irgendwelchen verliebt scheinenden Herren anzudrehen, welche diese rote Rose dann an ihre sanft errötende Geliebte weiterreichten.

Es war auch schon vorgekommen, dass manche Herren ohne weibliche Begleitung sich mit freundlichen Komplimenten an sie wandten und ihr zehn Rosen gleichzeitig abkauften, wobei Melina trotz ihres jungen Alters – fünfzehn Lenze hatte sie gerade erst hinter sich gebracht – klug genug war zu begreifen, dass diese Herren unredliche Absichten hatten. Sie wusste immer geschickt das Gleichgewicht zu halten zwischen weiblicher Verlockung auf der einen Seite und nüchterner Abweisung auf der anderen Seite. Sie spürte, dass sie den Herren gefiel und dass sie mit ihrer jugendlichen Schönheit irgendetwas in ihnen auslöste. Zwar reizte sie das und machte sie neugierig, aber sie hatte auch Angst davor. Es war ein Spiel mit ihren eigenen Reizen, das sie genoss, aber immer nur bis zu einer gewissen Grenze. Sie war ja schließlich in der Großstadt aufgewachsen und besaß daher einen untrüglichen Instinkt für Gefahr.

Ihre Reize, ja, das war das, was sie jeden Morgen im Spiegel sah, und was sie mit dem Urinstinkt ihrer Weiblichkeit als das ihr von der Natur geschenkte Kapital ansah: ein wohlgeformtes Gesicht, eine reine, weißliche Hautfarbe, blühende, schwellende Lippen, große, unschuldsvolle Kinderaugen, und dann – um es mit Wedekinds eigenen Worten zu sagen – „diese herausfordernde Pracht des jugendlichen Fleisches an Hals und Armen". Ihr Blick ging, wenn sie morgens nackt vor dem Spiegel stand, an ihrem Körper herunter, und sie schaute sich so an, wie diese Herren des Abends sie anzuschauen pflegten, wenn sie ihnen ihre Rosen verkaufte. Oft brannte der Blick der geilen Herrentiere noch in ihrem Rücken, wenn sie sich schon zum Gehen abgewandt hatte.

Nein, sie wollte sich nicht wegwerfen, auf jeden Fall nicht an einen dieser Herren, von denen sie wusste, dass sie sie am nächsten Morgen unbarmherzig aus der Wohnung werfen würden, nachdem ihre Gier nach jugendlichem Fleisch gestillt war. Nein, sie würde sich auch nicht wegwerfen an einen dieser jungen Männer, die wie sie an der „Thalia" eine Schauspielausbildung absolvierten, noch nicht einmal an Thomas, den sie als ihren Freund ansah. Ja, er war nett, er sah gut aus, aber irgendetwas fehlte ihm. Zwar schon 18 Jahre alt, war er im Gemüt doch nur ein Junge, ohne Tiefgang, ohne Leidensfähigkeit, ohne Kraft. Was gelitten zu haben bedeutet, das wusste sie nur allzu gut. Es erwuchs Einsicht aus dem Leiden, Einsicht in die Unvollkommenheit und Unbarmherzigkeit des Lebens, und Kraft, hervorquellend aus dem Willen zu überleben. Thomas hatte nie gelitten, er war aus gutbürgerlichem Hause. Er hatte stets alles geschenkt bekommen, was er brauchte, ohne sich je anstrengen zu müssen. Jetzt wollte er Schauspieler werden. Warum? Melina vermutete, dass der wahre Grund nicht Interesse an der Kunst war, sondern ein großes Ego, ein Ego, das sich auf der Bühne noch vergrößern wollte.

Thomas stellte ihr nach. Melina ließ es sich gefallen. Er durfte ihr näher kommen, aber immer nur, um im letzten Moment wieder abzublitzen. Melina lachte insgeheim, wenn sie sein enttäuschtes Gesicht sah, nachdem er wieder mal eine Abfuhr erteilt bekommen hatte. Trotzdem gab er nie auf. Er machte sich immer wieder an sie ran, und dazu hatte er Grund genug. Denn Melina reizte ihn, und sie spielte mit ihren Reizen, führte sie ihm vor Augen, so dass er vor Begierde zu brennen begann. An sein Ziel jedoch kam er nie.

Dennoch hatte Melina ihre ersten sexuellen Erfahrungen schon hinter sich. Nicht mit Thomas, sondern mit anderen Jungen aus ihrer Nachbarschaft. Es waren Jungen gewesen, die Melina körperlich gereizt hatten, große, gut aussehende Jungen, die eine gewisse Kraft und

Selbstsicherheit ausstrahlten. Sie zu lieben, wäre Melina nicht eingefallen. Sie benutzte sie nur, um das zu erfahren, was alle junge Mädchen irgendwann erfahren wollen: Wie sieht ein nackter Junge aus? Wie fühlt sich seine Haut an? Wie fühlt sich sein Glied an, wenn man es in der Hand hat? Wie fühlt es sich an, wenn man es in sich hat? Wenn ihr Wissensdurst gestillt war, ließ sie sie fallen und gab ihnen unmissverständlich zu verstehen, dass sie sie nicht mehr wiedersehen wollte.

Tief in ihrem Inneren aber gab es einen Traum, den Traum von dem jungen Mann, für den sie bestimmt war und der für sie bestimmt war. Irgendwo da draußen würde er sein, ein kluger und verständnisvoller, zärtlicher und einfühlsamer junger Mann, der vom ersten Augenblick an, wo er sie sehen würde, wissen würde, dass sie für ihn geschaffen war. Und sie würde ihn anschauen und ihn erkennen, wie einen alten Bekannten, ihn, der für sie geschaffen war. Er würde nicht mit roten Rosen dahergekommen, sondern mit weißen Margeriten. Rote Rosen, das war doch so abgegriffen wie eine alte Türklinke, wer glaubte denn noch daran? Es waren nur diese älteren Herren, die meinten, ihre jungen Geliebten mit roten Rosen beeindrucken zu können. Aber das war doch alles nur Schein. Schein war auch das Lächeln der Geliebten, wenn sie die roten Rosen entgegennahmen. Weiße Margeriten aber, das waren echte Blumen, so echt wie die Seele ihres Traummannes sein würde, rein, ehrlich, unverfälscht und ohne niedrige Absichten. In seinen Augen würde sie das Erstrahlen der reinen Liebe sehen können, so klar, so funkelnd, wie Tautropfen, in denen sich das Licht der Sonne bricht. Ja, an dem Glanz seiner Augen würde sie ihn erkennen!

Ihr Blick fiel auf die Uhr an der gegenüberliegenden Wand. Es ging auf zwölf zu. Die Wand war in einem unangenehmen Dunkelrot gestrichen. Wie konnte man nur in diesem ohnehin düsteren Vorraum eine solche Farbe verwenden? Die Farbe erinnerte an Blut, und der Raum erschien wie ein Opferraum. Wer ist hier geopfert worden? Oder wer sollte geopfert werden?

Die jungen Schauspielerinnen, die aus dem Proberaum herauskamen, nachdem sie bei dem berühmten Regisseur Skratschkow vorgesprochen hatten, wirkten alles andere als beflügelt. Hatten sie eben noch lustig geplaudert, bevor sie hineingegangen waren, kamen sie anschließend völlig deprimiert heraus, vornübergebeugt, als hätten sie Prügel bekommen, mit hängenden Schultern und leerer Miene. Die stolze Sofie, die früher mal als Modell für eine Modezeitschrift gearbeitet hatte, weil sie sich für unglaublich schön hielt, schien völlig ernüchtert worden zu sein. Die eingebildete Jasmin, die keine fünf Minuten ihren Mund halten konnte, weil sie stets neue Personen fand, über welche sie ihre gehässigen Tiraden ergießen konnte, schien, als sie aus dem Proberaum kam, endlich das Schweigen gelernt zu haben. Es war nicht zu glauben. Sie ging wortlos an ihren Freundinnen vorbei und strebte dem Ausgang zu. Melina begann zu fürchten, dass es ihr auch so ergehen würde. Skratschkow schien ein strenger Herr zu sein. Aber wie auch immer, sie wollte ihre Chance nutzen, und sie würde alles geben, alles!

Ihren Konkurrentinnen geschah es ja nur recht, dass sie mal ein bisschen ernüchtert wurden und begriffen, dass im Leben nicht alles so einfach ging. Sofie und Jasmin, beide hatten reiche Eltern. Auf teure Privatschulen waren sie gegangen, wo man sie von hinten und vorne bedient hatte und ihnen das Wissen auf goldenen Tabletts servierte, so dass sie sich so gut wie nie anzustrengen brauchten, um einen Schulabschluss zu bekommen. Die Eltern bezahlten das hohe Schulgeld und natürlich auch die teure Garderobe einschließlich der neuesten Handtaschen von Gucci oder Louis Vuitton, das eigene Auto, sobald sie achtzehn waren, und die Reisen in die Karibik mit ihren Boyfriends. Sie hatten sicher noch nie einen Staubsauger in die Hand genommen oder eine Kartoffel geschält oder einen Abwasch gemacht. Wahrscheinlich konnten sie noch nicht mal Eier kochen. Aber von einer Zukunft als berühmte Schauspielerinnen träumten sie. Dazu waren sie gewissermaßen berufen. In ihnen steckte eine Julia Roberts oder eine Scarlett Johansson oder gar eine Meryl Streep, um mal jemanden zu nennen, der wirklich spielen kann. Dabei dachten sie, sie müssten nur ihre geschminkte Visage vor die Kamera halten und mit ihrem Hintern wackeln und schon wäre die Karriere perfekt. Von echter Schauspielkunst hatten sie so wenig Ahnung wie der Hahn vom Eierlegen, das war deutlich zu sehen, wenn sie probespielten. Wer ein guter Schauspieler werden will, der muss sich selbst vergessen, um in eine andere Existenz hineinschlüpfen zu können, der muss, während er spielt, sich von außen sehen, der muss in sich ein Bild erschaffen von dem, was er repräsentieren will, und er muss es dann sein, total, unter Auslöschung der eigenen subjektiven Existenz. Aber wie sollten diese beiden Damen oder sagen wir Dämchen, die nichts weiter waren als Stative für teure Kleider und Handtaschen, etwas von Selbstauslöschung verstehen?

Die Uhr an der blutroten Wand zeigte zwölf. Melina wurde hereingerufen. Da stand er, Regisseur Skratschkow, ein großer Mann in jeder Hinsicht. Groß war seine Berühmtheit und groß war seine Statur. Dabei ist *groß* noch zu wenig, um das zu beschreiben, was Skratschkow war. Nein, er war riesig, er war, was die alten Germanen einen *Hünen* genannt hätten. Allerdings war er nicht germanisch, denn er war russischer Herkunft, daher sein schwer auszusprechender Name. Sein von silbergrauen Haaren umrahmtes Gesicht wirkte streng, aber nicht unsympathisch. Man sah, dass er ein Mann war, der starke Gefühle hatte, einer, der Leidenschaft entwickeln konnte, ja, der auch mal in Wut geraten konnte, wenn ihm etwas nicht passte. Es war ein Lodern in seinen Augen, zugleich ein Lauern, kurzum er sah auf seine Leute mit einem Blick, dem man nicht lange standhalten konnte. Man fühlte sich von ihm durchschaut. Es blieb von dem eigenen Selbst so gut wie nichts übrig, wenn man vor diesem Manne stand – es sei denn, ja, es sei denn: man war echt.

Melina war echt. Sie war durch das Leben schon geprüft worden, deswegen machte ihr diese Prüfung nichts mehr aus. Und sie kannte die Männerwelt, hatte sie in allen Facetten kennengelernt, in jenen Jahren, als sie nachts als arme Rosenverkäuferin unterwegs gewesen war. Sie durchschaute Skratschkow ebenso, wie er sie durchschaute. Er war ein gefährlicher Mann, ja, aber auch ein guter Mann, ein durch und durch ehrlicher. Das sah Melina auf den ersten Blick. Und auch er erwartete Ehrlichkeit, das war ganz klar. Bei ihm konnte man mit einem schön geschminkten Gesicht und mit einem wackelnden Hintern nicht landen, auch nicht mit schönen Worten und Komplimenten. Da würde er nur verächtlich den Mund verziehen und „njet" flüstern. Melina fühlte sich schon entblößt, als sie vor ihm stand, aber genau das gab ihr Sicherheit, denn nun brauchte sie nur das zu tun, was sie liebte, nämlich sich selbst auslöschen und in eine Rolle hineingehen.

„Was soll ich tun?" fragte sie.

Skratschkow sah sie lange an. Dann sagte er:

„Gehen Sie dahinten in die Ecke des Raumes. Bleiben Sie dort eine Minute stehen, mit dem Blick in die Ecke gewandt. Verwandeln Sie sich in eine arme, notleidende Frau, deren Wohl und Wehe von dem Mann abhängig ist, dem sie gerade begegnet ist. Ihr ganzes Schicksal hängt davon ab, diesem Manne zu gefallen. Sie sind bereit, sich ihm hinzugeben, ja, Sie wollen ihn verführen. Wenn Sie sich umdrehen, sind Sie diese Frau. Sie gehen auf mich zu und sagen, was Ihnen einfällt. Ich bin jetzt dieser Mann."

Melina ging in die ihr angewiesene Ecke. Sie blieb stehen und löste sich gewissermaßen in Nichts auf. Sie wusste nicht, was sie gleich tun oder sagen würde. Sie war leer. Dann drehte sie sich um.

Plötzlich hatte sie einen anderen Gang bekommen. Sie setzte ihre Füße voreinander, so als ob sie in ihnen sich selbst vorzeigte, sie neigte ihren Kopf leicht zur Seite, lächelte, schaute von unten herauf, blieb stehen, und flüsterte, während sie ihre Hände mit der Handfläche wie suchend nach unten hielt:

„Ich habe meinen Pass verloren. Ich verstehe das nicht, er muss hier irgendwo sein."

Skratschkow schaute erstaunt auf und runzelte die Augenbrauen, erwiderte aber nichts.

„Ohne Pass bin ich nichts." fuhr Melina fort. „Ohne Pass kann ich kein Geld abheben, ohne Pass komme ich nicht über die Grenze. Was soll ich tun?"

„Wo wollen Sie denn hin?" fragte Skratschkow.

„Nach Hause, einfach nur nach Hause." antwortete Melina und kam etwas näher. „Könnten Sie mir helfen? Vielleicht ist er mir aus der Hand geglitten und liegt unter diesem Sofa."

Sie machte Anstalten, sich herunterzubeugen, sagte lächelnd: „Darf ich mal schauen?" und begab sich dann auf die Knie, nicht ohne es so einzurichten, dass sein Blick in ihren Ausschnitt fallen musste, während sie sich niederbeugte.

„Helfen Sie mir, bitte. Ich sehe da was." sagte sie, während sie angestrengt unter das fiktive Sofa schaute.

Skratschkow begab sich ebenfalls auf die Knie und griff mit seinem langen Arm unter das Sofa.

„Hier ist er, Ihr Pass!"

Beide waren sie auf ihren Knien und schauten sich an, die Gesichter nur wenige Zentimeter voneinander entfernt. Melina schaute in seine Augen und gab ihrem Blick den Ausdruck der Ratlosigkeit, des Fragens und der Sehnsucht.

Skratschkow reichte ihr den fiktiven Pass, doch sie nahm ihn nicht. Stattdessen strich sie über seine Hand.

„Ich glaube, ich fahre doch nicht nach Hause. Ich bleibe hier, vielleicht noch ein oder zwei Nächte ..."

Das Wort *Nächte* hauchte sie aus und dehnte es mit einem Laut, der dem Abendwind glich, wenn er durch den Jasminbusch gleitet, ein zartes Wehen, in welchem die Ankündigung unerschöpflicher, sinnlicher Lust lag.

Sie betrachtete sein Gesicht und erkannte in diesen wenigen Sekunden die Spuren des Schmerzes, die sich in einigen Falten auf der Stirn eingegraben hatten. Sie verstand: Auch dieser Mann hatte gelitten, so wie sie. Er kannte das Leben.

Skratschkow hatte den Mund leicht geöffnet. Er wirkte erstaunt. Mit einer leichten, verneinenden Kopfbewegung, wie zum Ausdruck der Verwunderung, sagte er plötzlich:

„Gut! Sie sind gut! – Kommen Sie, wir müssen uns unterhalten!" Und stand auf.

Sie nahmen beide Platz an einem Tisch, der in der Nähe stand.

„Ich nehme Sie! Sie haben das, was die Rolle verlangt." konstatierte Skratschkow. „Wie heißen Sie?"

„Melina Mendel."

„Aber ich bitte Sie, es sich genau zu überlegen, bevor Sie zu dieser Rolle ja sagen." fuhr Skratschkow fort. „Ich werde Ihnen einiges abverlangen. Sie werden über Ihren Schatten springen müssen."

„Was meinen Sie damit?" fragte Melina, deren Herz inzwischen begonnen hatte zu klopfen, während es doch eben noch ganz ruhig gewesen war.

„Sie werden in einigen Szenen auf der Bühne nackt auftreten müssen."

„Oh!" entfuhr es Melina und sie schluckte. Das war allerdings eine Herausforderung.

„Und Sie werden in anderen Szenen einen Geschlechtsakt simulieren müssen."

Melina nickte. Das war weniger problematisch, denn damit war sie bekannt. Das ließ sich machen. Aber das Nacktsein?

„Vor allen Dingen erwarte ich eines von Ihnen, Frau Mendel." Skratschkow blickte sie ernst an. Dann fuhr er fort:

„Sie müssen die Lulu nicht nur spielen, Sie müssen sie sein. Sein! Verstehen Sie?"

Melina nickte. Diese Forderung war ihr nicht fremd.

„Kennen Sie das Stück?" fragte Skratschkow.

„Ja, ich kenne es. Wie der Zufall es will, war ich Blumenverkäuferin, als ich 15 war. Ich musste Geld verdienen, weil mein Vater nicht in der Lage war, mich zu versorgen. Es erging mir genauso, wie es Lulu in Wedekinds Stück ergangen ist. Ich kann mich gut in sie hineinversetzen."

„Dann verstehen Sie auch, warum Sie in bestimmten Szenen nackt auftreten müssen?"

Melina dachte nach. Dann sagte sie:

„Lulu hat nichts anderes. Sie hat nur sich selbst und ihre Schönheit. Sie muss sich zurechtfinden in einer Welt, in der die Männer sie umschleichen, wie die Löwen ihre Beute. Sie muss sich bereitfinden, Beute zu sein, damit sie die Männertiere anschließend beherrschen kann. Sie muss sich darbieten und sich entblößen, damit sie leben kann."

„Wir verstehen uns.", sagte Skratschkow. Zum ersten Mal huschte so etwas wie ein Lächeln über sein ansonsten ernstes Gesicht. „Jetzt gehen Sie und denken Sie nach. Sagen Sie mir morgen Bescheid, ob Sie die Rolle nehmen wollen."

Er begleitete sie nach draußen. Im Vorraum teilte er den noch wartenden jungen Schauspielerinnen mit, dass für heute das Vorsprechen beendet sei. Das löste Verwunderung aus und alle sahen Melina fragend an. Sie aber sagte nichts, sondern ging hinaus.

Erst als sie zu Hause war, begriff sie ganz, was vorgefallen war. Sie hatte gerade von einem der berühmtesten Theaterregisseure Deutschlands eine Hauptrolle angeboten bekommen. Wenn sie diese Rolle überzeugend spielen würde, wäre sie anschließend keine Unbekannte mehr, und ihre Zukunft war gesichert. Aber konnte sie das wagen? War diese Rolle nicht zu schwierig für sie?

Sie nahm sich noch einmal Wedekinds Stück vor und vergegenwärtigte sich die Hauptpersonen. Da war dieser Doktor Schön, der sie, Lulu, aus dem Elend herausgeholt hatte, natürlich nicht, ohne es sich mit Liebesdiensten bezahlen zu lassen. Dann hatte er sie an Medizinalrat Dr. Goll vermittelt und dafür gesorgt, dass dieser sie heiratete. So war sie finanziell gesichert, und er, Dr. Schön, gewann auf diese Art seine Freiheit zurück, denn er hatte inzwischen sein Auge auf ein anderes Mädchen geworfen.

Da war Schwarz, der Kunstmaler, der auf seine Art Golls Tod herbeiführen würde. Goll würde an einem Schlaganfall sterben in dem Augenblick, wo er mit eigenen Augen mitansehen musste, dass der Maler mit seiner Frau schlief, auf einem Tisch im Atelier. Es gab keinen Grund, aus dieser Affäre nicht gleich eine ordentliche Beziehung zu machen, also heiratete Lulu den Maler. Sie erbte ein großes Vermögen von dem verstorbenen Medizinalrat und konnte auf diese Weise ihren zweiten Ehemann, den Maler, großzügig unterstützen.

Doch dieser Maler, wenn er auch Augen für Farben und Formen hatte, er hatte keine Augen für seine Frau. Er erkannte ihre seelischen Bedürfnisse nicht, er war zu oberflächlich, zu ordinär, wie sie alle waren, die Männer in diesem Milieu. Spießbürger waren sie, mit einem tief unten versteckten Tier in sich, das sie manchmal rausließen, wenn ihnen ihre eigene beschränkte Bürgerlichkeit zu viel wurde. Wenn diese Tiere aus den unteren Schichten dieser Bürgerseelen herauskamen, ja, dann konnten sie über irgendwelche Frauen herfallen, sie missbrauchen oder vergewaltigen, um anschließend ihren Schlips zurechtzurücken und ihren Anzug wieder glatt zu streichen und in ihre ehrenwerte, bürgerliche Maskerade zurückzukehren.

Eines Tages würde Schwarz, der Maler, nicht mehr zurückkehren. Er würde Selbstmord begehen, nachdem er hatte feststellen müssen, dass Dr. Schön und Lulu immer noch ein Verhältnis hatten.

Alwa, der Sohn von Doktor Schön, war ein wenig anders. Er schrieb Theaterstücke und legte da seinen ganzen Idealismus hinein. Seine Schwäche war, dass er infolge seines Idealismus' oft an der Realität vorbeizielte. Es wollte ihm nicht gelingen, sie einzufangen, diese Wirklichkeit. Er war zu abstrakt in seinem Innern, zu wenig Künstler, um das wahre Leben auf die Bühne bringen zu können. Und dann hatte er noch eine andere Schwäche: Er liebte Lulu. Nachdem sein Vater, Dr. Schön, sie aus dem Elend geholt hatte, hatte sie zunächst einige Zeit in dem Hause von Dr. Schön gewohnt. Dort wuchsen also Alwa und Lulu fast wie Geschwister auf, wenngleich es Alwa nicht entging, dass sein Vater sexuellen Verkehr mit Lulu hatte. Alwa und Lulu waren Vertraute, sie verkehrten wie sehr gute Freunde miteinander, oder soll man sagen, wie Bruder und Schwester. Lulu hatte nicht bemerkt, dass Alwa sie liebte, bevor es zu spät war.

Eines Tages – Lulu war inzwischen Bühnentänzerin geworden und trat in Alwas Stücken auf – bedrängte Alwa sie. Er war verrückt nach ihr, wozu – das muss eingestanden werden – auch Lulu beigetragen hatte. Sie beherrschte doch das Spiel von Locken und Abweisen bis zur Perfektion und konnte Männer zur Weißglut bringen. Während einer Pause befand sie sich in einem Raum hinter den Kulissen, als Alwa kam und ihr erklärte, wie es um ihn stand. Sein Betteln rührte sie, er war ein süßer Kerl, ein junger Mann, schön und attraktiv, aber nur zum Spielen, einfach nicht ernst zu nehmen. Sie legte sich auf eine Chaiselongue, mit gespreizten Beinen, und zog Zentimeter für Zentimeter ihren Rock hoch. Unter dem Rock war kein Slip, sondern nur Lulus herrlicher Unterleib in unverhüllter Nacktheit. Als Alwa das sah, verlor er den Verstand. Er warf sich auf sie und wollte sie vergewaltigen. Doch gerade in dem Moment kam Dr. Schön, sein Vater, herein und sah, was vor sich ging.

Danach kam diese grässliche Szene, wo Lulu Dr. Schön erschießt, aus Notwehr, weil er sie bedroht.

Melina sah mehr und mehr das Bild einer Frau vor sich, um die herum die Männer sterben. Sie, Lulu, die Schönheit, die Verführung in Person, steht im Zentrum des Todes, strahlt ihn gewissermaßen aus. Da, wo höchste Lust ist, ist der Tod nicht fern. Der Augenblick des höchsten Seins verwandelt sich, verschuldet durch sie, in den Augenblick des höchsten Nichtseins. Ihre Schönheit, an der sie keine Schuld trägt, wird zur Sünde, zur Schuld, in dem Augenblick, in welchem Lulu sie gewährt, sie den begehrenden Männern zur Verfügung stellt. Lulu ist in ihrem Wesen zutiefst unschuldig, muss aber durch das Leben schuldig werden.

Auf der Flucht landet Lulu mit wenigen Getreuen schließlich in London. Bar aller Mittel muss sie ihr Brot durch Prostitution verdienen, und der Tod, den sie anfangs den anderen gebracht hatte, den sie liebenden Männern, wendet sich nun gegen sie selbst. Sie gerät an verschiedene Freier, darunter an einen Hünen, der ihr das Erlebnis ursprünglicher, sexueller Lust gibt, um kurz darauf in die Hände von Jack the Ripper zu fallen, der sie am Ende ermordet.

„Ja, Lust und Tod waren im Leben dieser Frau sehr nahe beieinander." dachte Melina, nachdem sie die abermalige Lektüre von Wedekinds Stück abgeschlossen hatte. Sie schloss das Buch mit Bedacht und wusste, dass sie sich morgen entscheiden musste. Sollte sie diese Rolle übernehmen?

Am nächsten Tag gab sie ihre Entscheidung bekannt. Sie nahm das Angebot an. Zu ihrer Überraschung erfuhr sie zugleich, dass Thomas, ihr Freund, die Rolle von Alwa bekommen hatte. Skratschkow hatte sich auch unter den jungen Männern der Schauspielschule „Thalia" umgesehen.

Melina freute sich für Thomas, und sie dachte, dass es gut sein würde, einen Freund, der in ihrem Alter war, in dieser Schauspielertruppe zu haben, die ansonsten nur aus Erwachsenen bestand.

Die Proben mit Skratschkow waren sehr anstrengend, aber auch sehr lehrreich. Er hatte eine Art, auch das Letzte aus seinen Schauspielern herauszuholen. Da blieb gewissermaßen keine Faser des eigenen Wesens unbearbeitet, man war nach diesen Proben stets wie ausgewechselt, stets wie eine neue Persönlichkeit. Man musste alles abwerfen, alle Subjektivität, alle Eitelkeit, alle Scham, kurzum, man musste sich aufgeben – nicht weniger verlangte Regisseur Skratschkow.

Die Szenen, die Melina besonders schwer fielen, das war die Anfangsszene, wo sie gleich zu Beginn des Stückes nackt auftreten musste, dann die mit Alwa, wo sie diesen so reizt, dass er über sie herfällt, und schließlich die Schlussszenen. In der vorletzten Szene musste sie Sex mit einem Hünen simulieren, und in der letzten ihre eigene Ermordung spielen und blutend und nackt über die Bühne kriechen. Aber mit Skratschkows Hilfe bewältigte sie das schließlich zu seiner Zufriedenheit.

Es kam der Tag der Premiere. Melina musste erleben, dass doch ein großer Unterschied war zwischen einem leeren Saal und einem vollen. In dem Augenblick, in dem der Vorhang zur Seite glitt und das grelle Scheinwerferlicht auf sie fiel, stand sie da, nackt, dem Blick von Tausenden von Menschen preisgegeben. Sie spürte die gewaltige Emotion, die durch den Saal ging, eine Mischung aus Lüsternheit und Entsetzen. Es war ihr, als würde sie gleich in Ohnmacht sinken, und ihre Beine begannen leicht zu zittern. Zum Glück ertönte in diesem Moment die Musik, zu deren heißen Rhythmen sie tanzen musste. Die Bewegung gab ihr ihre Sicherheit zurück, und kurz darauf war sie in ihrer Rolle und vergaß die Tausenden von Menschen, die im Zuschauerraum saßen. Danach ging alles wie geplant, und sie hatte das Gefühl, dass das Stück die Menschen in seinen Bann gezogen hatte.

Nach der Pause konnte man jedoch erkennen, dass sich einige Reihen im Zuschauerraum gelichtet hatten. Einige gutbürgerliche Damen hatten ihrem Protest dadurch Ausdruck verleihen müssen, dass sie die Vorstellung vorzeitig verließen. Am nächsten Tag gab es in der Presse heftige Diskussionen. Einige meinten, so eine großartige und lebensechte Aufführung von Wedekinds Stück noch nie gesehen zu haben, andere waren empört und fanden es äußerst verwerflich, die Nacktheit und die Brutalität zu einem dramaturgischen Stilmittel zu machen. Die Diskussion zeigte die erwünschte Wirkung, denn schon an dem folgenden Abend war das Stück ausverkauft und so blieb es auch an allen weiteren Abenden bis zum letzten.

Von Aufführung zu Aufführung wurde Melina sicherer in ihrer Rolle. Allmählich schwand die Grenze zwischen ihrer Rolle und ihrer eigenen Existenz. Wenn der Vorhang aufging und sie plötzlich im Licht stand, wusste sie nicht mehr: War sie Melina oder war sie Lulu? Gerade in dieser Anfangsszene konnte es ihr passieren, dass sie so etwas wie eine Befriedigung empfand, mit ihrem bloßen nackten Dastehen eine solche Macht auf die Gefühle des Publikums ausüben zu können. Sicher waren viele Männer in diesen Sesseln da draußen, die sich von ihrem Anblick erregen ließen. Es war wie damals, als sie ihre Rosen verkaufte und ihr Spiel von Lockungen und Abweisungen spielte, bei diesen älteren Herren, die schließlich nicht anders konnten, als den Geldbeutel zu öffnen und ihr eine Rose oder mehrere abzukaufen. Ja, sie war Lulu, die die Männer in ihren Bann schlug, um sie anschließend, wenn sich die Gelegenheit bot, zu vernichten. Ja, sie wollte auch ihren Anteil an der Freude haben, sie wollte auch selbst genießen, deswegen ließ sie allmählich zu, dass sie, wenn der Vorhang sich öffnete und sie im Scheinwerferlicht nackt dastand, sexuelle Erregung verspürte. Ein Lächeln umspielte dann ihre Lippen, und zwischen ihren Schamlippen spürte sie eine verräterische Feuchtigkeit, aber sie wusste nicht, ob es irgendjemand bemerkte.

Sie wuchs in ihrer Rolle. Wie selbstverständlich nahm sie die Komplimente des Grafen Escerny entgegen, wenn er sagte:

„Was mich zu Ihnen hinzieht, ist nicht Ihr Tanz. Es ist Ihre körperliche und seelische Vornehmheit, wie sie sich in jeder Ihrer Bewegungen offenbart. ... Sie sind eine groß angelegte Natur – uneigennützig.

Sie können niemanden leiden sehen. Sie sind das verkörperte Lebensglück. Ihr ganzes Wesen ist Offenherzigkeit."

Dann hatte sie stets das Gefühl, dass es ihr galt, Melina, die tatsächlich offenherzig war und vornehm, geläutert durch frühes Leid. Ja, es galt für sie, wenn es hieß: „Wem das Leben leicht wird, dem fällt das Sterben nicht schwer".

Oder wenn Alwa, verkörpert durch ihren Freund Thomas, zu ihr sagte:

„Durch dieses Kleid empfinde ich deinen Wuchs wie eine Symphonie. Diese schmalen Knöchel, dieses Cantabile; dieses entzückende Anschwellen; und diese Knie, dieses Capriccio; und das gewaltige Andante der Wollust. – Wie friedlich sich die beiden schlanken Rivalen in dem Bewusstsein aneinanderschmiegen, dass keiner dem anderen an Schönheit gleichkommt – bis die launische Gebieterin erwacht und die beiden Nebenbuhler wie zwei feindliche Pole auseinanderweichen."

Ja, das meinte er dann wirklich, ihr Thomas, der sie so begehrte und der nicht nachlassen wollte in seinen Bemühungen, Melina für sich zu erobern.

Nach jeder Aufführung kam Skratschkow und lobte Melina für ihr gutes Spiel. Er sah, wie Melina von Mal zu Mal mehr in ihre Rolle hineinwuchs, wie ihre Stimme mehr Ausdruck bekam, wie sie freier wurde und überzeugender in ihren Bewegungen, in ihrem Lachen, in ihrem Mienenspiel. Auch die kritischen Stimmen in der Presse waren verstummt. Stattdessen sprach man immer öfter von dem großen Erfolg, den Skratschkow mit diesem Stück erzielte.

Die erlebte Selbstsicherheit machte Melina allmählich frech. In der vorletzten Aufführung beschloss sie, ein Experiment zu machen, gewissermaßen ein Live-Experiment auf der Bühne. In der Szene, wo Alwa sie bedrängt und sie sich auf die Chaiselongue legt, um dann Stück für Stück den Rock hochzuziehen, hatte sie eigentlich einen Slip an, so dass der Schauspieler Thomas nichts zu sehen bekam, sondern stets so tun musste, als ob er etwas sähe, während er gleichzeitig seine Rolle sprach und sagte:

„Du? – Du stehst so himmelhoch über mir wie – wie die Sonne über dem Abgrund …" Dann pflegte er niederzuknien, während sich sein Blick auf die Stelle zwischen ihren Beinen richtete, um fortzufahren: „Richte mich zugrunde! – Ich bitte dich, mach ein Ende mit mir! – Mach ein Ende mit mir!"

Dieses Mal aber wollte sie den Slip weglassen, dieses Mal sollte es echt werden. Mit einer inneren Freude erwartete sie diese Szene. Alwa-Thomas würde endlich erlangen, was er sich erhofft hatte.

Dann lag sie auf der Chaiselongue, Alwa-Thomas stand vor ihr. Kaum hatte er seine Sonnenmetapher vorgetragen, fiel sein Blick auf Lulu-Melinas nackten Unterleib, den sie vor ihm entblößt hatte, und er war fassungslos, als er das intimste Geheimnis seiner seit Jahren geliebten Freundin unverhüllt vor sich sah. Er blickte auf und sah in Melinas triumphierendes Gesicht. Er fühlte sich gedemütigt. Ja, hier lag sie vor ihm, nackt, und wenn es jetzt Wirklichkeit wäre, würde er über sie herfallen und tatsächlich Gewalt anwenden, aber er war auf der Bühne und musste spielen.

„Du richtest mich zugrunde!" rief er in Abänderung des Textes. „Ich werde ein Ende mit dir machen, bevor du ein Ende mit mir machst." Dann warf er sich auf sie und tat so, als ob er sie vergewaltigte, nicht ohne dabei Lulu-Melinas verächtliches und exaltiertes Lachen zu überhören, bevor einige Sekunden später Dr. Schön, sein Vater, kam und ihn herunterriss.

Melina aber hatte Spaß gefunden an dieser Vermischung des öffentlichen und privaten Spieles, und in einer der Schlussszenen ging sie noch einen Schritt weiter. Gegen Ende – sie befinden sich also in London und Lulu arbeitet als Prostituierte – erscheint der Hüne, der sich Liebesdienste von ihr erkauft. Die Szene war unzählige Male so geprobt worden, dass der Hüne Lulu-Melina, nachdem sie ihm die Hose geöffnet hatte, zu sich hoch hob, sie an die Wand drückte und sie gleichsam penetrierte.

Diesmal ließ Melina es sich nicht entgehen, die Hose des Hünen nicht nur zu öffnen, sondern hineinzulangen, um das Glied dieses Mannes zur Erektion zu bringen. Der Schauspieler war mehr als überrascht von diesem plötzlichen Übergang von Spiel zu Wirklichkeit, so dass es ihm nur mit größter Mühe gelang, die Szene ordnungsgemäß zu Ende zu bringen. Nach dem Ende der Aufführung aber ging er zum Regisseur und meldete sich krank. Er würde bei der letzten Aufführung leider nicht zur Verfügung stehen können. Weitere Gründe gab er nicht an.

Den scharfen Augen des erfahrenen Regisseurs Skratschkow war natürlich nichts entgangen, weder die kleine Veränderung der Szene mit Alwa, noch die versuchte Realisierung einer Kopulation auf der Bühne. Aber er lächelte nur in sich hinein und sagte zu sich selbst: „Ja, ja, nun spielt sie nicht nur Lulu, sie ist es."

Kurz darauf klopfte es an der Tür, und ein empörter Thomas erschien, der seine Klage mit großer Entrüstung vortrug. „Wie kann man so etwas machen?" fragte er. „Sie spielt mit mir, mitten auf der Bühne. Sie missbraucht mich für einen ihrer Späße!"

Skratschkow hörte sich das alles ruhig an, dann sagte er:

„Was wollen Sie denn? Sie kennen sie doch und wissen um ihre Situation. Was hat sie denn, Melina, was besitzt sie, sagen Sie es mir?"

Thomas schwieg. Daraufhin fuhr Skratschkow fort:

„Sie hat nur sich selbst und ihre Schönheit. Wollen Sie es ihr verwehren, daraus Kapital zu schlagen? Und wollen Sie es ihr verwehren, dabei ihren Spaß zu haben?"

Thomas ging ohne weitere Widerrede. Ohne die Unterstützung des Regisseurs konnte er nichts machen.

Skratschkow stand nun vor dem Problem, für die letzte Aufführung des Stückes einen Ersatz zu finden für die Rolle des Hünen. Er telefonierte hierhin und dorthin, hörte sich an verschiedenen Schauspielschulen um, aber es war niemand, der in der Lage war oder bereit war, einzuspringen.

Am nächsten Abend, vor Beginn der Aufführung, wandte Melina sich an ihn und fragte, wer denn den Hünen spielen würde.

„Warten Sie nur ab." antwortete Skratschkow ruhig. „Das Problem löst sich schon."

Ja, es löste sich. An diesem letzten Abend überbot Melina sich selbst. Eine solche Lulu ist nie wieder so überzeugend gespielt worden. Schließlich ging es auf die letzten Szenen zu, die Szenen in London. Melina war insgeheim gespannt, wer die Rolle des Hünen übernehmen würde, und war unsicher, ob sie ihren Echtheitsversuch wiederholen sollte. Umso überraschter war sie, als sie, während das Geräusch schwerer Schritte an ihre Ohren drang, niemand anders erblickte als Skratschkow selbst.

Er lächelte, als er ihre Überraschung sah, und flüsterte nur leise: „Sei Lulu."

Sie wusste, was er meinte.

Die Prostituierte Lulu bat den Hünen in ihr Zimmer, verlangte das Geld und zog sich dann aus. Sie zog den Kunden zu sich heran, so dass er abgewandt vom Publikum stand und öffnete seine Hose. Dann langte sie hinein und brachte das schon steife Glied des Hünen zu weiterer Erregung. Dieser hob sie hoch, presste sie an die Wand, und drang von unten in sie ein. Lulu war es, als strömte eine gewaltige Kraft in sie hinein. Sie fühlte sich erfüllt, so als ob sie eine Ganzheit wiederfinden würde, die sie einst verloren hatte. War sie einst machtlos gewesen, so fühlte sie jetzt ihre Macht. Mit jedem Stoß, mit dem der Hüne sie emporwippte, steigerte sich in ihr dieses Machtgefühl. Es war, als ob die Kräfte des Kosmos sich in ihrem Unterleib stauten, sich dann entzündeten und anfingen zu lodern. Im rhythmischen Bewegen begannen ihre Muskeln sich zusammenzuziehen, sie stöhnte, laut und lauter, und als sie schließlich zum Orgasmus kam, schrie sie ihre Lust ungehemmt heraus.

Dann löste sich der Hüne von ihr und ließ sie zu Boden gleiten. Sie vermochte kaum, sich zu sammeln, denn bald kam der nächste Kunde, ihr Todesbote, Jack the Ripper, der sie umbringen würde.

Als es zu der letzten Szene kam, war sie schon leer, schon wie ausgelöscht und tot, bevor noch der Mörder das Messer in sie stieß. Sie fiel auf den Boden, nackt, das Blut quoll hervor. Der Mörder floh, sie aber zog sich mit den Händen über den Boden der Bühne, so als ob sie noch irgendetwas erreichen müsste. Sie fühlte den Tod in sich nahen, ja, ja, sie wusste es: Der höchste Moment des Seins wurde nun durch den höchsten Moment des Nichtseins abgelöst. Aber wem das Leben leicht wird, dem fällt das Sterben nicht schwer. Noch einige Zuckungen, und sie lag ausgestreckt und leblos am Boden.

Der Vorhang ging zu, während gleichzeitig ein ohrenbetäubender Applaus einsetzte. Die anderen Schauspieler hatten Mühe, Melina vom Boden hochzuheben. Sie kam langsam zu sich, man warf ihr einen Morgenmantel über, dann ging der Vorhang wieder auf. Erst jetzt wurde es Melina bewusst, dass sie auf der Bühne stand, dass sie lebte und dass alles nur ein Spiel war. Das Publikum klatschte und trampelte, man hörte laute Bravo-Rufe, schließlich ging man zu rhythmischem Stampfen über. Der Regisseur Skratschkow kam selbst auf die Bühne und überreichte ihr einen Strauß mit weißen Margeriten. Melina lächelte. Sie nahm den Strauß und den tosenden Beifall des Publikums lächelnd entgegen. Sie wusste, sie hatte es geschafft. Ihre Zukunft war gesichert, ihre Armut hatte ein Ende.

Aber Lulu war von nun an in ihre Seele eingebrannt wie ihr zweites Ich und würde sie nie wieder verlassen.

Ira
Zorn

Fotografie

Olaf Raabe

Neros Song

Markus Dittrich

An diesem Tag hatte Nero einen Moment der Klarheit – den vielleicht einzigen seines Lebens.

Jahrelang, schon seit den Tagen als kleiner Junge zu Füßen seiner schrecklichen Mutter Agrippina, hatte er erfolglos versucht, diesem Ding namens Lyra Töne zu entlocken, die schön klangen. Er wusste nicht, wie man sie stimmt; das war okay. Er wusste nicht, wie man sie zupft; das war auch okay. Aber wenn er dann anfing, auf dem kleinen Holzding mit drei Saiten Songs zu schreiben, Stunde um Stunde, dann rannte Agrippina in den Garten und musste sich übergeben. Sie lachte ihn aus: Er sei die Nemesis der Sirenen, die so schön singen, dass Männer dabei den Wollustmoment empfinden, und nur Wachs in den Ohren schützt vor so viel Liebe. Bei ihm helfe das Wachs nicht mal gegen das Grauen. Sie lachte und lachte und lachte ...

Ich bin meiner Zeit voraus, dachte der kleine Nero böse, was natürlich Blödsinn war.

Nero wurde erwachsen, ließ seine Mutter hinrichten, seine Frau und noch ein halbes Dutzend anderer Leute, die sich Freunde nannten (von Tausenden Feinden, Sklaven und Kriegsgegnern ganz zu schweigen).

Er liebte die Musik, aber die Musik liebte ihn nicht. Nero blickte jetzt, mit knapp 18, schon auf ein ganzes Leben voller Zorn zurück, und das war nicht einmal das Schlimmste. Er war sein ganzes Leben ein wollüstiges Schwein gewesen (besonders was Sex angeht, haha). Nicht mal *das* war das Schlimmste, wenn man bedenkt, in welcher Epoche er lebte. Julius Cäsar hat mit Frauen wie Männern gepennt und seine minderjährige Tochter für die Karriere an seinen Kumpel verschachert, und der galt noch als einer der Guten. Nein, das Schlimmste war, dass Nero in Jahren und Jahren Lyra-Üben keinen Deut näher an das Ziel kam, auch nur passabel *Hänschen klein* zu spielen.

Er wollte der Eddie Van Halen seiner Zeit werden, aber er spielte ungefähr so Lyra, wie Helmut Kohl James Joyce aus dem Gedächtnis zitieren würde.

„Ich will, ich will, ich will!", geiferte er dann – der Kopf rot wie eine platzende Wunde, das Maul voll Speichel. Er warf Vasen um, trat nach Sklaven und Bediensteten, rannte gegen die Säulen, verletzte sich selbst.

Auf dem Cäsarenthron verlor er jeden Rest an Selbstbeherrschung. Er ließ Sklavinnen auspeitschen (besonders gern ägyptische und große, derbe Frauen aus Germanien – weiß der Himmel wieso), während er sie in Gegenwart ihrer Männer oder Väter nahm, die Zunge dabei im Mund einer anderen Sklavin oder, wenn ihm der Sinn danach stand, in der Gattin eines Senatoren, jenem weiß gekleideten Überrest der Demokratie, der eine politische Lektion verdiente. Er biss, er brüllte, tobte, fraß, vögelte. Nichts, auch keine Wollust, konnte seinen Zorn bändigen; im Gegenteil, beides wurde mit jedem Jahr größer.

Und nach jedem Wutanfall kam die Depression, die mit noch mehr Lust bekämpft werden musste. Schließlich kam Nero auf die exotische Idee, mitten in einer seiner abartigen Orgien Lyra zu spielen, gerade während er es trieb. Im Moment der Wollust traf er – zu seiner eigenen Überraschung – den richtigen Punkt am Instrument. Statt des üblichen Halb-Quart-halb-Tritonus-Ungetüms, den kratzigen Sekundenreibungen oder den quietschenden Tontrauben, die er sonst verzapfte, hörten die anwesenden Patrizier plötzlich eine saubere Quinte und einen Wechsel zu jenem seltsam erregenden Intervall, das Menschen später – viel später – als *Blue Note* bezeichnen würden. Es klang so schön, dass ein Patrizier mit Namen Longinus lächelte. Sogar zwei der numidischen Sklaven verloren für einen Moment den apathischen, bleiernen Ausdruck im Gesicht. Nanu, der weiße Teufel spielt Musik!

Sie ahnen es schon: Von jetzt an ließ Nero seine Orgien so organisieren, dass er immer im Moment der Wollust nicht nur kopulierte, sondern auch komponierte. Das Problem war nur, er brauchte etwa zehn Wollustmomente pro Song, bei Tonartwechsel mehr.

Wurde der Song gut, ließ er die Sklavinnen am Leben (und sie waren dankbar und hassten sich selbst dafür). Er schrieb einen Song über einen Hund, einen über seine Mutter (posthum), eine Ode an Jupiter und eine an Mars, eine Fanfare für die Spiele, einen wilden, griechischen Tanz im Neun-Achteltakt, ein mehrstimmiges Lied zum Mitsingen für die Numiden. Und, und, und ...

Etwa sieben Monate lang sah es so aus, als wäre der Dämon besiegt. In dieser Zeit schrieb Nero ein ganzes Album. Sicher, er blieb ein grausamer Herrscher; sicher, er blieb ein Anti-Demokrat, ein Charakterschwein, ein Feigling und ein Mann, bei dem sich Wutausbrüche, widerliche Tränen und Geilheit von einem Moment zum anderen abwechselten. Aber er brachte in dieser Zeit niemanden mehr aus purem Vergnügen um. Nicht mal diesen klugscheißenden Senator.

Doch im Jahre 64, genau neunzehn Jahrhunderte, bevor die Beatles mit fünf Singles die ersten fünf Plätze der britischen Charts anführten, mitten in der Saison der Gladiatorenspiele, wurden Neros Lustmomente schwächer. Er trieb es zu oft. Er konnte sich auf den Kopf stellen, konnte sich fingerbohren, sich einschmieren, sich mit Haut und Haar bedienen, sich abschlecken, sich peitschen oder sonst wie aufs Pferd helfen lassen; die Momente der Wollust wurden trüber mit jeder Stunde. Es war kein *Flash* mehr, kein *petit mort*, sondern nur noch ein kleines Klingeln. Als auch das ausblieb, als er weich blieb, als Longinus ihm riet, es um der Götter willen seltener zu machen, warf Nero den Freund wütend aus dem Palast:

„Und wie soll ich dann das Material für meine nächste Tour schreiben, du beklopptes Arschloch?"

Ja und dann... hatte Nero den Moment der Klarheit, vielleicht den einzigen in seinem Leben: Feuer!

Er konnte alle Fliegen mit einer Klappe schlagen und dabei noch lachen! Es gab eh Gründe, die nervigen Christen loszuwerden, das war das eine; er brauchte einen Teil der Innenstadt für seinen neuen Palast, das war das andere. Das Zündeln hatte Nero seit seiner Kindheit sexuell erregt, genau wie er als Bübchen immer ins Bett gemacht hat, alles voll normal für einen kleinen Psycho, das war das Dritte.

Jetzt, beim Gedenken an seine liebe Mutter Agrippina, erinnerte er sich daran. Was, wenn GENAU DAS die höchste Lust ist, seine Epiphanie, sein Schicksal, seine finale Wollust, sein Ziel, seine ultimative musikalische Inspiration?

Was, wenn er die ganze verdammte Stadt anzündete und sich dabei von seiner aktuellen Lieblingshetäre, der breithüftigen Agrippina, bedienen ließe? Die Namensgleichheit war übrigens weder Zufall noch Nero entgangen; die Inspiration auch nicht. Gesagt, getan.

Den Rest kennen Sie ja. Nero sah zu, wie halb Rom niederbrannte, er ließ sich reiten, und dieses eine Mal besiegte irgendetwas den Zorn, und als ihm die Liebe kam – und diesmal war es wirklich fast so etwas wie Liebe – da spielte er so schön, so schön, dass Agrippina für einen Moment stillstand, ganz still, ihn ansah und ihm einen Kuss gab, den er nicht bezahlen musste.

Freude schöner Götterfunken.

Die Noten sind übrigens erhalten, werden aber inzwischen einem gewissen Ludwig van Beethoven zugesprochen.

Gula
Völlerei

„Der große Jack"

Jörg Wiegand

Alles in Ordnung bei Igor

Susanne Schnitzler

Den ersten Tag nach seiner Entlassung begann Igor wie jeden anderen seiner früheren Arbeitstage: Er schlug dem Wecker das penetrante Klingeln aus der Glocke (die Zahl der Wecker, die er mit dieser wischenden Bewegung zerschlagen hatte, konnte er sich kaum merken), drehte sich auf den Rücken und schwelgte in der Erinnerung an das köstliche Abendmahl, das er am Vortag bei seiner Mutter genossen hatte.

Das fette Brathuhn im mit Mandeln verzierten Knusperhäutchen tänzelte erneut auf seiner Zunge und schwang die Beinchen zu einem Cancan, den der süßliche Rotwein spielte. Wein und Huhn und hast du noch gesehen wälzten über seine Zungenknospen, in den Magen hinab und wieder hinauf und wieder herunter.

Ein breites Lächeln lag auf Igors Lippen, während er sich aus der Decke wickelte und die Füße auf den flauschigen Flokati stellte. Mit der Rechten tastete er nach der Tafel zartbitterer Schokolade, die er dort vor dem Schlafengehen neben den jetzt verbittert schweigenden Wecker gelegt hatte. Igor stutzte und saß einen kurzen Moment einfach nur so auf dem Bettrand, den Blick ins Leere gerichtet. Dann erinnerte er sich an den Geschmack von dunkler Schokolade in der Nacht. Es war auch gar nicht so ungewöhnlich, dass er seinen Morgensnack schon in der Nacht verschlang, und im Übrigen war der Orangensaft auch alle. Er zuckte die Schultern und stand auf.

Dass er achtlos am Bad vorbeilief, das sonst jeden Morgen seine erste Anlaufstelle war, verwirrte ihn. Er verspürte auch keinen Drang, den Schlafanzug gegen seine Tageskleidung zu tauschen. Das in der Tat war das Ungewöhnlichste, was er jemals getan hatte, denn normalerweise war es ihm ein tiefes inneres Bedürfnis, sich in gepflegten Zwirn zu hüllen. Desorientiert tappte er einen Schritt nach vorne, einen wieder zurück, trappelte ein wenig auf der Stelle, schüttelte energisch den Kopf und ging weiter zur Haustür. Alles in Ordnung, sagte er sich, und zog die Tür mit einem Ruck auf.

Der Duft von frisch gebrühtem Kaffee drang zu ihm. Igor kniff die Augen zusammen, schlug sich ein paar Mal mit der flachen Hand gegen die Schläfe und schüttelte dann zum zweiten Mal an diesem Morgen heftig den Kopf. Vorsichtig blinzelte er dann in den Flur und starrte mit offenem Mund auf die Szenerie vor seinen Augen. Wenn das ein unerwartetes Abschiedsgeschenk seiner Firma war, dann hatten sie ihm wirklich etwas Feines ausgesucht. Speichel bildete sich unter seiner Zunge und floss über, bis er aus Igors Mund heraus das Kinn hinunterlief. Schritt für Schritt näherte Igor sich dem Paradies.

Zaghaft griff er nach einer mit Rührei belegten Scheibe Vollkornbrot, die liebevoll mit Tomaten und Schnittlauch garniert zwischen Lachsbrötchen und mit Mett und reichlich Zwiebeln belegten Brötchenhälften lag. Putenbrust, Hähnchenfilets, Makrele, Forelle, Kräuterquark, Rührei, Spiegelei, gekochtes Ei, Sardellen, roter Kaviar, schwarzer Kaviar, Salami, Cervelat, Maasdamer Käse, Tilsiter, mittelalter Gouda, Pfannkuchen, Kaffee, Kakao, Milch, Säfte, dazwischen dekoriert Trauben, Orangen, Apfelschnitze, Gurken, Tomaten, Kürbis – alles bettelte darum, dass Igor seine Aufmerksamkeit schenkte und sich dem Genuss hingab.

Andächtig trat Igor einen Schritt zurück und begutachtete all die Herrlichkeiten respektvoll, während er beherzt in die schon eroberte Scheibe Brot mit Ei biss. Seine linke Hand hatte von ihm unbemerkt eine Dolde kernloser grüner Trauben gefangen, die er eine nach der anderen mit dem Mund von den Stengelchen zupfte.

Nun gab es kein Halten mehr für Igor. Er eroberte Brötchenhälften, er schlug sich tapfer in der Müsliwüste, er trank abwechselnd aus einem Glas Kakao und aus einer großen Schale Kaffee, flirtete mit dem Camembert und verschönte ihn mit Preiselbeeren und es schien, als würde das Büffet reichhaltiger und umfangreicher, je mehr er davon aß. Auch der Hausflur schien zu wachsen. Rülpsend fiel Igor auf einen gepolsterten Stuhl, den er bislang nicht bemerkt hatte, und schloss die Augen. Das war mal ein Abschiedsfrühstück nach seinem Geschmack. Flüchtig kam ihm der Gedanke, dass es ziemlich untypisch für seine Kollegen war, ihn so liebevoll mit Nahrung zu versorgen, doch der Gedanke verschwand so schnell wie eine tobende Hauskatze, und Igor schlief mit offenem Mund ein.

Als er wieder erwachte, war um ihn herum ein Mittagsbuffet angerichtet, das einem Neujahrsempfang beim Präsidenten zur Ehre gereicht hätte. Igor grinste breit, als er die Düfte der hellen und dunklen Soßen und heimischer Gerichte wie Sauerbraten, Gulasch, Schweinshaxe und Aal einsog, unter die sich exotische Gerüche von Gerichten und Gewürzen aus aller Welt mischten. Tief unter den zarten bunten Düften klebten die Gleichmacherdünste von Ketchup, Maggi und Pommes-Gewürz. Igor spürte ein leichtes Flattern unterhalb des Magens, das sich an der Stelle seines Bauches herauskratzen wollte, wo früher seine Angst gesessen hatte. Aber der Hunger war stärker und dankbar schlug Igor seine Zähne in eine Rinderlende und leckte den herabtropfenden blutversetzten Bratensaft von den Fingern.

Das satte Nickerchen danach dauerte nicht ganz so lange wie das erste und Igor erwachte inmitten eines Walls von Torten, Kuchen, Donuts, Keksen, Kaffee, Tee und Milchmixen. Unbehaglich stellte er fest, dass er noch immer im Hausflur hockte und dass er seit dem Aufstehen keinen anderen Menschen gesehen hatte. Wie durch Watte meinte er, das leise *Pling* zu hören, mit dem der Fahrstuhl seine Aufnahmebereitschaft zeigte, aber die Türen auf seiner Etage blieben geschlossen. Seine Nachbarn waren aber zuhause, er hörte ihr Stöhnen und Seufzen. Doch niemand zeigte sich und als Igor aufstand und leise zu der Tür rechts neben ihm schlich, konnte er sie nicht erreichen. Sie schien vor ihm zurückzuweichen.

Eine mannshohe Schokoladensahnetorte schob sich zwischen ihn und sein Ziel und Igor konnte nicht widerstehen, zwei Stücke davon auf seinen Teller zu legen. Offenbar träumte er, und nach seiner Meinung konnte der Traum so weitergehen. Hauptsache, Igor litt keinen Hunger.

Dafür litt er beim nächsten Nickerchen an störenden Geräuschen. Hin und wieder schreckte er hoch und fand sich in völliger Dunkelheit wieder, durchzogen von den Geräuschen eines surrealen Traums, die sich verstärkten, sobald er die Augen geschlossen hielt, doch vollständig aufwachen konnte er nicht. So blieb er dösend in seinem Polsterstuhl sitzen, bis ihn das Abendläuten der Kirche gegenüber aus dem Dämmer riss. Zitternd richtete er sich auf und versuchte, in dem dunstigen Grau um ihn herum etwas zu erkennen. Schweiß sammelte sich in seinem Schlafanzug, bis dieser nass und kalt an ihm klebte.

Seine Augen gewöhnten sich an das Zwielicht und er erkannte vor sich die Umrisse eines niedrigen Tisches, darauf einen Krug und einen Teller mit einem trockenen Brotknust. Argwöhnisch griff er nach dem Krug und roch, tunkte behutsam einen Finger in die Flüssigkeit und leckte. Wasser. Angeekelt stellte er den Krug wieder zurück und stand auf. Die Luft um ihn herum füllte sich mit Klagelauten, Stöhnen und Seufzen. Aus der Dunkelheit lösten sich ausgemergelte Kreaturen, deren Rippen aus der Haut stachen und die bei jedem Schritt vor Schwäche in die Knie sanken. Skelettierte Hände griffen nach Wasser und Brot; es reichte nicht für die ersten und schon gar nicht für die letzten. In Igor rumorte es. Ungebremst erbrach er plötzlich die reichhaltige, gute Nahrung des Tages über den Tisch auf den Boden und sah mit Entsetzen, wie sich die Ärmsten und Schwächsten darüber hermachten, als hätte er ihnen die größten Köstlichkeiten serviert.

Igor presste die Hände auf den Bauch, die Augen fest zusammen und flehte sich an, aus diesem Alptraum endlich aufzuwachen.

Dann klingelte der Wecker und Igor stand auf. Er latschte achtlos im Schlafanzug am Bad vorbei und öffnete die Haustür.

Maßlos

Norbert Löffler

Immer wenn er das Haus verließ, sah er aus wie tausend andere Männer, die zur Arbeit gingen oder sonstige Pflichten zu erfüllen hatten. Die braune Aktentasche in der rechten Hand, in der Linken meist seinen schwarzen Schirm, eilte Horas aus dem Haus, der nächsten U-Bahnstation entgegen.

Kurz sah man noch seinen braunen Mantel, dann war er auch schon verschwunden. Nichts Aufsehenerregendes. Nichts, was irgendwie ungewöhnlich gewirkt hätte. Horas war 35 Jahre alt, schlank, mit bereits lichtem, wirrem Haar und seine schwarze Brille rutschte meist, so dass er sie ständig wieder nach oben schob. Er wirkte wie der geborene Buchhalter.

Zu Hause waren seine Frau und ein Kind; die perfekte, kleine Familie. Niemand aus der Nachbarschaft machte sich irgendwelche Gedanken um Horas. Jeden Morgen um 7.15 Uhr verließ er das Haus, um

17 Uhr kehrte er zurück. Jeden Tag, außer Samstag und Sonntag. Am Wochenende sah man ihn eigentlich gar nicht. Höchstens vielleicht mal bei einem Spaziergang mit seiner kleinen Familie, ansonsten gab es wirklich nichts Auffälliges an Horas oder seiner Frau.

Nur, Horas ging weder zu irgendeiner Büroarbeit, noch war der spießig aussehende Mittdreißiger Buchhalter. Er war vielmehr im Auftrag des Teufels unterwegs und seine kleine Familie war nur ein Schauspiel für allzu neugierige Nachbarn. Aber hätte man ihn danach gefragt, wäre Horas selbstverständlich anderer Meinung gewesen. In seinen Augen lebte er einfach nur das Leben, was er liebte, und das wollte er sich von niemandem verbieten lassen. Alles, was er tat, war angeblich legal, war rechtens, doch urteilen Sie selbst! Ich erzähle Ihnen nur, was ich gesehen habe und was ich darüber denke.

Meiner Meinung nach hat er sich eindeutig einer der sieben Todsünden schuldig gemacht.

Es war ein dunkler, trüber Donnerstag im November und der Wind fegte die Blätter über die Straße. Ein Wetter, bei dem man lieber zu Hause bleiben sollte, doch auch ich muss mir meinen Lebensunterhalt verdienen und daher täglich früh aus dem Haus.

Ich sollte mich vielleicht doch ganz kurz vorstellen. Mein Name ist Hänseler, Hans-Georg. Aber alle meine Freunde nennen mich nur *Ha-Ge*, eine Abkürzung meiner beiden Vornamen. Ich bin 51 Jahre alt, verheiratet, habe zwei Töchter und bin im Kirchenvorstand unserer kleinen Gemeinde.

Nun, an diesem Donnerstag war ich auf dem Weg zur Arbeit, als ich vor mir den Horas sehe, unseren Nachbarn, der drei Häuser weiter wohnt. Wir kennen uns nur vom Sehen, grüßen uns, sonst haben wir eigentlich nicht viel miteinander geredet. Warum auch? Wenn er was will, soll er doch zu uns kommen; wir wohnen schon erheblich länger hier. Seine Frau scheint nett zu sein, das Kind bekommt man ja kaum zu Gesicht. Eine Sünde eigentlich, aber ich komme erneut vom Thema ab.

An diesem Donnerstag ging dieser Horas keine zwanzig Meter vor mir und wir schienen den gleichen Weg zu haben, die U-Bahnstation. Doch kurz bevor er die Treppen hinuntereilte, fiel ein weißer, kleiner Briefumschlag aus seiner Manteltasche. Ich bückte mich, wollte Horas auch rufen, aber er war schon weitergerannt. Ich beeilte mich, ihm zu folgen und dann geschah das Unglaubliche. Horas stieg gar nicht in die U-Bahn, er eilte weiter und ging auf der gegenüberliegenden Seite die Treppen wieder nach oben. Das war schon sehr verdächtig. Wen wollte er hier täuschen?

Normalerweise bin ich nicht neugierig. Es geht mich ja auch nichts an, aber *das* schien mir ja nun doch verdächtig. Es war schließlich ein Nachbar. Was, wenn er ein kriminelles Subjekt wäre? Eine Gefahr für uns und unsere Gegend? Ich fühlte mich also schon verpflichtet ihm zu folgen, allein um zu sehen, was er denn nun im Schilde führte.

Ich steckte den Brief ein und folgte ihm. Immer in sicherem Abstand und daher erfuhr ich einiges …

Horas mischte sich also in den Strom der mürrischen Fußgänger, die eben die U-Bahn verlassen hatten, und gemeinsam in Richtung Industriegebiet strömten. Ich folgte ihm unauffällig. Ab und an blieb ich kurz stehen, dann rannte ich wieder ein Stück. Ich scherte mich nicht um die anderen Passanten, mir ging es hier um die Sache.

Mein Nachbar löste sich von der Menschenlawine erst ein paar Straßen weiter. Er drehte sich nicht mal um, als er abbog und schien seiner Sache sehr sicher zu sein. Dann stieg Horas an einer Haltestelle in den Bus der Linie 112. Ich musste mich schon sehr beeilen, sonst hätte ich ihn verloren. Gerade, als die Türen sich zischend schlossen, huschte ich hindurch und stand fast neben ihm, aber er sah mich nicht, beachtete mich nicht. Ich drehte mich auch von ihm weg. Mein Herz raste. Ich hätte ihn berühren können, roch ihn, war ihm auf den Fersen – und er bemerkte es nicht mal.

Nach nur zwei Stationen stieg er wieder aus. Da sonst nur eine ältere Dame ausstieg, hatte ich fast Angst es würde auffallen, aber er schenkte mir absolut keine Beachtung, sondern ging sofort weiter – mit flatternden Mantelschößen – in Richtung Baumarkt. Aber anstatt dort über den Parkplatz zu steuern, lief er daran vorbei und mit Entsetzen, wurde mir nun klar, welches Ziel er hatte.

Dort, hinter den Parkplätzen, begann das Gebiet des Freudenhauses. „Bar Madame" war ein unscheinbares Gebäude mit einer kleinen Lichtwerbung, aber natürlich wusste jeder, was da los war. Sodom und Gomorrha! Der Teufel selbst betrieb dort sein Gewerbe. Atemlos musste ich nun beobachten, wie er das Gebäude betrat und das Schlimmste war, er schien nicht zu klingeln, sondern sogar einen eigenen Schlüssel zu besitzen.

Ich war fassungslos. Irgendwie wusste ich mir nicht zu helfen. Wir hatten keine acht Uhr am frühen Morgen und dieser Horas verschwindet in dieser Lasterhöhle? Zugegeben: Mir wurde ein wenig schlecht bei dem Gedanken, aber dann riss ich mich zusammen. Für die Gemeinde, für uns, für unsere Sicherheit schlich ich mich näher heran und konnte nur hoffen, dass keine Kameras auf mich gerichtet waren.

„Bar Madame – Öffnungszeiten Mo-Sa von 8-0 Uhr, Sonntag geschlossen"

Ja, wie sollte das denn funktionieren? Ich hatte immer geglaubt, diese Sündenpaläste hätten nur am Abend geöffnet. Welcher anständige Mann würde denn bereits um 8 Uhr … ? Andererseits: Welcher anständige Mann würde überhaupt in solch ein Gebäude gehen?

Ich war hin und hergerissen, was ich nun tun sollte, als mir die Entscheidung abgenommen wurde: Die Tür öffnete sich und eine Dame sprach mich an. Sie sah eigentlich ganz normal aus. Ich hätte mir *so Eine* niemals so vorgestellt, aber sie war, das muss ich fairerweise sagen, sehr freundlich. Die Frau bat mich herein und auch wenn ich mich innerlich sträubte, ich tat es – für die Anderen, für die Gemeinde, für die Familie. Ich opferte mich, damit die Sicherheit gewährleistet bliebe.

Der Eingangsbereich war hell, freundlich und wirkte ein wenig wie die Empfangshalle einer kleinen Pension. Die Dame ging dann auch hinter solch eine Theke, stellte eine kleine Kasse darauf und fragte:

„Flatrate? Ein Bon oder die *Reise durch Rom*?"

Ich sah sie völlig perplex an und Madame lachte glockenhell auf. Sie schüttelte ein wenig den Kopf, dann erklärte sie:

„*Flatrate:* Du kannst so oft wie du willst, überall und mit jeder. Ein *Bon* ist ein Gutschein für einmal mit einer Dame im Séparée. Die *Reise durch Rom* ist so eine Art Flatrate, aber zusätzlich mit allen Annehmlichkeiten und Sehenswürdigkeiten, die wir hier zu bieten haben."

Ich schwitzte, wollte eigentlich fliehen, aber die Pflicht rief! Ich dachte kurz nach. Ich musste ja alles sehen, das ganze Gebäude, jedes Angebot, irgendwo würde dieser Horas ja sein müssen. Also entschied ich mich für die Reise durch Rom. Meine Kreditkarte wurde eingelesen, ich unterschrieb einen Beleg, wagte aber nicht auf den Betrag zu schauen.

Die Dame lächelte, dann klickte sie mir ein kleines rotes Band um mein rechtes Handgelenk. Als ich sie fragend ansah, nickte sie freundlich und sagte:

„Das ist dein Ticket. Mit diesem Armband ist alles inklusive. Du kannst dich jetzt überall frei bewegen, kannst essen und trinken, was du magst … In der Garderobe kannst du dich ausziehen und dir ein weißes Gewand vom Haken an der Wand nehmen. Du kannst aber auch nackt bleiben, wie du willst."

Sie ging vor mir her und ich war einfach sprachlos. Mein Mund war trocken, mein Herz raste und je tiefer ich in diese Lasterhöhle eindrang, umso näher konnte ich den Teufel spüren, der hier das Regiment führte. Wir kamen durch einen schmalen Gang, dann betrat ich einen Umkleideraum wie in einem Schwimmbad. Die Dame ließ mich allein und ich tat wie mir geheißen. Als ich das weiße Gewand anzog, darunter war ich tatsächlich nackt, fühlte ich mich verloren, doch nur der Auftrag zählte. Ich betrat danach ein eher dunkles Gewölbe. Marmorbänke beladen mit Weintrauben, Weinkelche, kalter Braten. Es war tatsächlich wie im alten Rom, so, wie es in Geschichtsbüchern erzählt wurde. Dekadent und maßlos. Aber ich sah noch etwas anderes: Zwei Damen, sehr spärlich in durchsichtige Gewänder gekleidet, saßen auf einem kleinen Sofa, die Haare geflochten und zudem noch mit geflochtenen Schuhen, ganz im Stil der Römer. Sie grinsten mich an und als ich meinen Blick weiter schweifen ließ, sah ich eine weitere Dame nackt in einer Art Wanne baden.

Was für eine Welt. Was für eine Schande. Was für ein Sündenpfuhl. Dennoch, hier irgendwo musste er sein; hier war das Gebiet von Horas, ich spürte es in jeder Faser in mir.

Zum Schein legte ich mich auf eine der Bänke, ließ mich mit Weintrauben füttern, aß kalten Braten, trank Wein und der Teufel lullte mich dermaßen ein, dass ich es erst gar nicht bemerkte. Ich verfiel in Wohlgefallen und vergaß mich. Ich – das muss ich zu meiner Schande gestehen – ließ mich verführen. Einzelheiten interessieren hier nicht, nur so viel sei gesagt: Der Teufel hatte ganze Arbeit geleistet und meine Seele fast erreicht, wäre nicht irgendwann ein merkwürdiger Zufall gewesen.

Horas war mir an diesem Tag natürlich nicht begegnet, daher beschloss ich, gründlicher zu sein. Ich meldete mich bei der Arbeit krank, ging dann jeden Tag in dieses Haus, kaufte ein Ticket für die *Reise durch Rom*, ließ mich mit Weintrauben füttern, empfing die Gunst der Damen und trank mit ihnen Krüge voller Wein.

Der schlechte Einfluss benebelte meine Sinne, Horas war fast vergessen, als ich eines Nachmittags das Haus verließ und fröhlich pfeifend des Weges ging. Eine Stimme hinter mir hielt mich zurück. Ich drehte mich um und starrte in das Gesicht von Horas, der mich zynisch lächelnd ansah. Er schob mit dem Finger seine Brille nach oben, dann sagte er:

„Ich kenne Sie, daher möchte ich Sie warnen. Sie kommen jeden Tag, das ist nicht billig. Ich weiß es, denn ich mache schließlich die Preise hier. Ich bin der Geschäftsführer des Hauses. Kann ich irgendwie helfen? Haben Sie Probleme?"

Dieser Teufel in Menschengestalt wagte es, *mich* anzusprechen? *Er* wollte *mir* helfen? Horas hatte es ja zugegeben: Er arbeitete direkt für den Satan, diktierte die Preise, führte die Geschäfte und jetzt, da ich das Geheimnis gelüftet hatte, überkam mich die Erkenntnis. Ja, er hätte es fast geschafft. Nur noch ein wenig länger und meine Seele wäre verloren. Mein Auftrag war voller Gefahren gewesen, aber nun auch erledigt. Ich wusste um sein Geheimnis, ich wusste um die Gefahren, die da lauerten und so antwortete ich ihm nicht.

Ich starrte nur zurück, dann rannte ich, lief über den Parkplatz, nahm nicht den Bus, rannte, bis ich zu Hause war. Meine Frau sah mich entsetzt an, doch ich konnte ihr die schockierende Wahrheit nicht so einfach und unverblümt mitteilen. Ich verweigerte eine Auskunft, begab mich in mein Schlafzimmer und ging in mich. Ich musste über viele Dinge nachdenken.

Es gab nunmehr zwei Möglichkeiten: Entweder ich machte alles publik und sein Geheimnis öffentlich, oder aber ich behielt ihn einfach weiter im Auge. Ich würde mich der Gefahr von Zeit zu Zeit stellen, nur um mir auch zu beweisen, dass ich den Teufel besiegen konnte. Es wäre niemandem genützt, wenn ich jetzt die Wahrheit heraus posaunen würde. Also, lieber Stillschweigen bewahren.

Ich wusste jetzt um die Gefahren und konnte mich, meine Familie und die Gemeinde beschützen, indem ich wachsam blieb. Die Gefahr war erkannt, ich hatte Recht gehabt. Dieser Horas arbeitete für den Teufel und nur, wenn ich wachsam blieb, würden wir alle verschont bleiben …

Invidia
Neid

Acrylmalerei – „Crazy Face"

Susanne Fritsch

Das Monster – Geschichte zum Bild

Renate Krohn

Meine Geschichte handelt von einem Bild. Mit monströsen Zügen. Wobei Monster auch heute noch durchaus aktuell sind. Nur haben sie meistens angenehme Gesichter und gute Manieren.

Mich reizte das verrückte Gesicht und ich war der Meinung, es sei kein Problem, es nachzumalen. Wer immer das malte, muss es nicht unbedingt gelernt haben. Dachte ich und entschloss mich, das Bild zu kaufen. Es überstieg nicht mein Budget, was ich für Sonderausgaben vorgesehen hatte, obwohl ich wusste, dass es ein völlig unnötiger Kauf war. Doch es reizte mich, ich wollte es unbedingt haben und nachmalen.

Daheim kam das genauere Hinsehen, das Überlegen. Einmal stellte sich die Frage, was die Malerin damit ausdrücken wollte. Warum nahm sie genau diese Farbe – blau in allen Schattierungen. Ein wenig ärgerlich, und auch ein bisschen neidisch, nahm ich meinen Zeichenblock und begann mit dem Abzeichnen, wobei mir als erstes klar wurde, dass ich der Malerin gewaltig Unrecht tat. Von wegen einfach! Und wieder einmal packte mich der Ehrgeiz. Ich wollte unbedingt dieses Bild hinbekommen. Mit jedem Strich musste ich feststellen, dass das Monster in blau es in sich hatte. Allein die Augen, die mich, trotz ihrer kuriosen Form, intensiv ansahen. Klein, eng zusammenstehend, tückisch blickten sie mich an. Eines schräger als das Andere. Mir schien, sie wollten etwas sagen: „Da, schau her – du siehst auch nicht mit beiden Augen gleich." Ich fühlte mich genötigt, zu antworten.

„Das stimmt. Ob ich das sehe, was du siehst, kann ich nicht beurteilen. Und außerdem hast du dich falsch ausgedrückt. Ich sehe nicht auf beiden Augen gleich, aber ich hab zwei gleiche Augen. Du nicht!"

Das Bild grinste. „Da ist was dran. Was habe ich denn für Augen?"

„Tückisch wie eine Schlange kurz vorm Zubeißen oder stechend, als wolltest du mir deinen Willen aufzwingen…"

„Hihi! Und beide Tiere kannst du nicht leiden. Richtig?"

„Richtig. Warte, es geht noch weiter. Deine Zähne. Ich kann deine Zähne nicht sehen. Trotzdem habe ich das Gefühl, du seiest bissig!"

Wieder kicherte das Bild. „Stimmt, ich kann sogar besonders gut zubeißen."

„Du gefällst mir nicht. Deine Haare, sie stehen stachelig nach oben. Sozusagen auf Krawall gebürstet; und dann die Ohren, sie kommen mir vor, als seien sie Abhörgeräte ... Du bist von einem anderen Stern – ein Monster eben."

„Irrtum. Ich bin das, was die Malerin in den Menschen sieht. Die meisten sind monströs..."

Nachdenklich lauschte ich der inneren Stimme, die mir auf meine Gedanken antwortete. *Ist das so? Sind die meisten Menschen Monster?* War ich vielleicht auch ein Monster, das angesichts dessen, was die Malerin konnte, neidisch wurde?

Das Bild konnte anscheinend Gedanken lesen. „Ja, die Menschen sind so. Hast du das noch nie empfunden? Dass zum Beispiel Freunde dich enttäuschten?"

„Doch, natürlich. Das hat verdammt wehgetan."

Oder dass dir Neid begegnete, der auf Habgier und Raffsucht ausgerichtet war?"

„Ja, sicher – das ist etwas, was ich nie begreifen werde."

„Siehst du, für das alles steht mein Gesicht."

„Nun gut, das kann ich sogar akzeptieren. Aber warum habe ich den Eindruck, dass du neben dem bösen Ausdruck auch noch einen nachdenklichen vermittelst?"

Diesmal dauerte es etwas länger, bis das Bild antwortete. „Ja – ich glaube, die Künstlerin wollte damit sagen, dass man auch mit zwei gleichen Ohren unterschiedlich hört. Einmal das, was wirklich gesagt wird und zum Anderen das, was man herauszuhören glaubt. Und dass man mit geschlossenen Lippen durchaus eindrucksvoll etwas sagen kann. Auch dafür steht mein Gesicht."

Inzwischen war ich soweit, dass ich dem Bild einen Namen geben wollte. Man kann auf Dauer mit niemandem sprechen, der einfach nur *Bild* heißt. Ich hatte dieses Gesicht bereits als Monster bezeichnet und meinte nun: „Bevor ich auf deine Antwort eingehe ... ich habe dich getauft. Du heißt: *Il Monstero.*"

Leises Gelächter war die Antwort. „Das finde ich gut", gluckste es vor mir. Warum *Il Monstero* und nicht *La Monstera?*"

„Weil ich es einfach leid bin, dass immer nur vom Weiblichen das Schlechte ausgehen soll."

„Gut, gut – doch wenn du den Titel ins Deutsche übersetzt, heißt es: *das Monster* – und das ist sächlich!"

„Hast du auch wieder Recht."

„Warum hängst du mich nicht an die Wand? Dann kannst du jedes Mal, wenn du an mir vorbei kommst, mit mir reden. Doch nun sage mir, habe ich mit meiner Vorstellung vom Hören und Hineinhören nicht Recht?"

„Das ist nicht zu leugnen. Wie oft ging es mir so, dass ich die Worte nicht nur hörte, sondern etwas Herauszuhören glaubte. Das war meiner Seele nicht besonders zuträglich. Außerdem wird man äußerst kritisch."

„Bist du das nicht sowieso?"

„Na ja – kritisch immer, aber verwerflicherweise packt mich manchmal der Neid, wenn Andere etwas können, was ich auch können möchte. Oder sollte ich besser *übertriebenen Ehrgeiz* sagen? Aber …weißt du was? Hör einfach auf!"

„Gefällt dir wohl nicht, wenn du in mir einen Spiegel siehst."

Ich schüttelte den Kopf. Nein, das gefiel mir nicht wirklich.

„Und dann", lästerte ich weiter, „dein Hals! Du hast keinen Hals; irgendwo hängt dein Kopf in der Luft und kommt bedrohlich auf mich zu."

Das Bild machte plötzlich den Eindruck, als sei es selber ratlos. Tja, das ist einfach scheußlich, ich weiß auch nicht, was ich ohne Hals mit meinem Kopf anfangen soll."

Nachdenklich nahm ich das Bild in die Hand. Fast tröstend sagte ich: „Jetzt hänge ich dich erst einmal an die Wand. Komm, *Monstero*, da, genau gegenüber vom Spiegel – das ist der richtige Platz. Okay?"

Mir schien, als würde der Kopf nicken und dann kam es auch schon: „Willst du mich tatsächlich gleich doppelt?"

„Ach so – daran habe ich nicht gedacht. Aber, warum nicht? Je länger ich dich betrachte, umso selbstverständlicher wird mir dein Anblick."

Il Monstero lächelte. „Siehst du – langsam arrangierst du dich mit meinem Äußeren. Vielleicht auch mit deinem Äußeren?"

Erwartungsvolle Pause.

„Ich weiß nicht recht. Es ist nicht einfach, sich anzunehmen. Willst du das damit sagen?"

„Weniger sagen, als dir klarmachen, dass man sich immer und überall mit Gegebenheiten arrangieren muss. Du tust dich schwer, weil du dir nicht gefällst …"

„Ich habe mir nie gefallen."

„Warum nicht. Du bist doch nicht unansehnlich. Die paar Kilo zu viel – guck dir mal andere an."

„Ich bin nicht *andere*."

„Nein, aber du bist zu selbstkritisch. Glaube mir, wenn ich mich selber gemalt hätte, sähe ich gewiss anders aus."

„Wie denn?"

„So wie du, zum Beispiel."

„Wie ich?"

Il Monstero lachte. „Sagen wir mal, so wie du dich gern sehen würdest."

„In einem langen Kleid mit Reifrock und einer Larve vor den Augen."

„Hinter der du dich wunderbar verstecken kannst."

Jetzt musste ich doch lachen. Der Nagel war inzwischen eingeschlagen. Ich nahm das Bild und hängte es an die Wand. Genau gegenüber dem Spiegel. So, nun blickte mich mein Monster an und ich hörte leise, von zwei Seiten: „Weißt du was? Ich gefalle mir auch nicht."

Zufrieden drehte ich mich um. Es gab noch mehrere, die sich nicht gefielen und erleichtert spürte ich, wie das diffuse Gefühl des Neides in sich zusammenfiel. In diesem Moment hörte ich, wie mein Mann die Dielentür öffnete.

„Was ist denn das?" fragte er verwundert. „Woher hast du das Bild" Das ist absolute Klasse …" Er nahm mich in den Arm, sah meinen nachdenklichen Blick und meinte: „… und du auch …!"

Versprechen muss man halten

Britta Bendixen

Paul hasste den Typ. Wenn Mark Glaser morgens mit seiner Angeberkarre auf den Parkplatz der Anwaltskanzlei fuhr und kurz darauf mit Aktentasche und maßgeschneidertem Anzug an ihm vorbei schlenderte, hätte er ihm am liebsten eine Faust in sein süffisantes Grinsen geschmettert.

„Schicker Overall, Paul."

Er sagte nichts dazu. Was sollte er auch erwidern? Vielleicht: *„Schicke Krawatte, Arschloch. Dieselbe Farbe hat die Kotze, die gleich deine Schuhe schmückt"*?

Paul schnitt gerade die Hecke, als *sie* ankam. Rechtsanwältin Hoffmann arbeitete erst seit wenigen Wochen in der Kanzlei. Sie hatte kurze schwarze Haare, eine Stupsnase und eine Figur zum Niederknien.

Er beobachtete sie bei jeder sich bietenden Gelegenheit, achtete aber darauf, dass sie ihn nicht wahrnahm. Sobald sie in seine Richtung sah, drehte er den Kopf weg oder bückte sich nach Unkraut. Er wollte nicht sofort als Hausmeister und damit als unter ihrer Würde eingestuft werden. Man konnte schließlich nie wissen, vielleicht begegneten sie sich irgendwann unter anderen Umständen.

Die Heizungsanlage war kaputt. Als Paul mit der Reparatur fertig war, zeigte die Uhr halb sieben. Er hatte längst Feierabend.

Auf dem Parkplatz waren nur noch zwei Wagen: Der von Glaser und der kleine silberfarbene von Victoria Hoffmann. In seinen Träumen war sie Vicky, die Stripperin, die sich zu langsamer Musik gekonnt vor ihm entblätterte, sich dann nackt an einer Stange rekelte und schließlich vor ihm in die Knie ging, um ...

Gleich da vorn war ihr Büro. Er schlich zum Fenster, überzeugte sich davon, dass niemand in der Nähe war und warf wie so oft einen heimlichen Blick hinein. Doch diesmal beugte Vicky sich nicht über Akten, sondern weit über den Schreibtisch. Die Unterarme hatte sie aufgestützt und ihre Brüste schwangen hin und her wie Kirchenglocken, nur schneller. Zwei Hände hatten ihre Hüfte gepackt.

Die Hände gehörten dem Mistkerl Mark Glaser.

Eine eigentümliche Hitze stieg in Paul auf. Gedämpftes Keuchen erreichte seine Ohren und verwandelte sich in ein Rauschen, als wäre er tief unter Wasser.

Das Stöhnen wurde lauter, Glaser stieß schneller und härter zu, bis beide ihren finalen Schrei losließen. Laut und hemmungslos. Waren sie doch sicher, allein und unbeobachtet zu sein.

Mit rasendem Herzen und feuchten Handflächen sah Paul zu, wie die zwei sich langsam voneinander lösten. Dann trat er vom Fenster weg, drehte sich um und ging.

„Hier Paul, das ist für Sie." Herr Meyer, der Seniorpartner, drückte ihm einen Umschlag in die Hand. Paul öffnete ihn. Eine Einladung zum fünfzehnjährigen Bestehen der Kanzlei.

Überrascht sah er auf. „Ich bin eingeladen?"

„Aber sicher!" Meyer klopfte ihm jovial auf die Schulter. „Irgendwie gehören Sie doch auch zu unserer kleinen Familie, nicht wahr?"

Er erschien als Letzter und mischte sich unauffällig unter die vielen Leute, die plaudernd Sekt schlürften. In einer Glastür sah er sein Spiegelbild und lächelte zufrieden. Er sah umwerfend aus.

Der Anzug betonte seine sportliche Figur und stand ihm hervorragend.

Als Meyer seine Rede hielt, entdeckte er Vicky. Sie trug ein Kostüm, meerblau, wie ihre Augen. Der Blazerausschnitt zeigte ihren Brustansatz. Paul atmete tief ein. Er kannte ihre Brüste, sah sie jede Nacht vor sich. Vergrub sein Gesicht darin.

Ihr Blick fiel auf ihn. Nur kurz. Dann noch einmal, verwundert, nachdenklich. Sie überlegte, woher sie ihn kannte. Er konnte ihre Gedanken lesen und lächelte ihr zu.

Nach der Rede ging er auf sie zu und streckte ihr die Hand entgegen. „Hallo. Ich bin Paul."

Sie zögerte kurz, erwiderte dann seinen Händedruck. „Victoria Hoffmann. Sie sind ein Mandant?"

Er strahlte sie an. „Victoria, die Siegreiche. Was für ein passender Name für eine Anwältin."

Ihre Mundwinkel hoben sich leicht. „Nur deshalb habe ich Jura studiert."

Aus dem Augenwinkel sah er, dass Glaser auf sie zukam. Verdammt!

„Trinken wir etwas zusammen?", fragte er.

Sie zuckte lächelnd mit den Schultern. „Warum nicht?"

„Großartig! Laufen Sie nicht weg, Victoria, ich bin sofort zurück." Er zwinkerte ihr zu und wies in Richtung der Waschräume. „Ein wichtiger Termin."

Es war niemand dort. Gut so. Durch einen Spalt in der Tür sah er, dass Mark Glaser zu Victoria trat und ihr etwas ins Ohr flüsterte. Sie lachte und schüttelte den Kopf.

Paul runzelte die Stirn. *Verschwinde, du Widerling. Jetzt bin ich dran!*

Doch der Widerling blieb wo er war. Paul dachte eine Weile nach, dann zog er sein Handy hervor.

„Herr Glaser, Telefon für Sie."

Mark Glasers Augenbrauen hoben sich unheilvoll. „Jetzt? Wer ist es denn?"

„Seinen Namen hat er nicht genannt. Er sagte nur, es sei dringend."

Mark seufzte, ging zum Empfang und nahm den Hörer auf. „Glaser."

„Fahren Sie einen dunkelgrünen Mazda MX 5?"

„Ja, allerdings. Wer ist denn da?"

„Sie sollten unbedingt mal nach dem Wagen sehen."

„Wieso? Was ist mit meinem Auto? Hallo? Hallo!?"

Kaum hatte der Anwalt mit eiligen Schritten das Gebäude verlassen, trat Paul auf Victoria zu.

„So, da bin ich wieder. Haben Sie mich schon vermisst?"

Sie lächelte amüsiert. „Es geht so. Aber Sie hatten mir etwas zu Trinken versprochen."

„Und ich pflege Versprechen zu halten." Paul holte ein Glas Sekt vom Empfangstresen und brachte es ihr.

Als er ihr tief in die Augen sah, bemerkte er zufrieden, dass sie seinen Blick erwiderte. Bisher lief alles nach Plan.

Er wollte ihr gerade ein Kompliment machen, als er durch die Glasfront sah, dass Glaser über den Parkplatz auf den Eingang zukam. Paul fluchte innerlich. Er hatte auf etwas mehr Zeit gehofft.

Entwaffnend lächelte er Victoria an. „Welches ist eigentlich Ihr Büro?"

Sie sah überrascht zu ihm auf. „Das letzte auf der rechten Seite. Warum?"

„Weil ich, äh, ich glaube, dass ein Arbeitsplatz viel über einen Menschen verrät", improvisierte er. „Würden Sie mir Ihren zeigen?"

Sie musterte ihn verwundert, stellte ihr Glas ab und nickte zögernd. „Also gut. Aber nur kurz."

„Danke. Ich bin neugierig, was ich über Sie herausfinde."

„Ich auch, glauben Sie mir."

Sie ging voran. Paul sah, dass Glaser durch die Tür trat. Rasch folgte er Victoria durch den Flur.

„Hier ist es." Sie hielt die Tür auf und ließ ihn eintreten.

Er drehte sich zu ihr um. „Warum kommen sie nicht rein? Haben Sie Angst vor mir?"

„Angst? Nein, das nicht. Ich würde es gesunde Vorsicht nennen."

„Die ist völlig unbegründet. Ich bin harmlos, glauben Sie mir."

Er ging auf sie zu, nahm ihre Hand und zog sie ins Zimmer. Widerstrebend ließ sie ihn gewähren.

„Wissen Sie, was ich unwiderstehlich finde?"

Sie hob abwartend eine Augenbraue und schwieg.

„Intelligenz gepaart mit Attraktivität. Sie vereinen beides in sich, das ist selten."

„Der Spruch ist nicht gerade neu."

„Ich meine ihn ehrlich."

„Auch das höre ich nicht zum ersten Mal."

„Natürlich nicht." Er hob ergeben die Hände. „Entschuldigen Sie."

Sie lehnte sich mit vor der Brust verschränkten Armen an den Schreibtisch. Paul musste unweigerlich an die Szene denken, die sich hier abgespielt hatte und sein Herzschlag beschleunigte sich.

Wissend sah sie ihn an. „Warum sind wir wirklich hier?"

Er schloss die Tür und ging auf Victoria zu. „Also gut, ich will ehrlich sein. Ich wollte mit dir allein sein, weil ich eine besondere Anziehungskraft zwischen uns spürte."

Er blieb vor ihr stehen. „Habe ich mich getäuscht?"

Sie zögerte. „Ich bin nicht sicher."

„Doch, das bist du. Ich weiß es."

Sie schluckte. „Wer sind Sie, Paul?"

Er kam näher, hob eine Hand und strich sanft über ihre Wange. „Ist das wichtig?"

Sie bog den Kopf nach hinten. „Für mich schon, ja."

„Du wirst es erfahren. Später. Ich verspreche es dir."

Sie atmete tief ein. „Und du pflegst Versprechen zu halten, richtig?"

„Richtig."

Er sah ihre geröteten Wangen, die Verwirrung in ihren Augen und wusste, er hatte sie dort, wo er sie haben wollte. Ohne ein weiteres Wort legte er die Arme um ihre Taille, zog sie an sich und küsste sie.

Sofort hob sie die Hände an seine Schultern und versuchte, ihn von sich wegzuschieben. Doch als sie merkte, dass sie gegen ihn nicht ankam, gab sie den halbherzigen Widerstand auf.

Wurde weich und anschmiegsam.

Er spürte, sie genoss es, sich einem völlig Fremden hinzugeben. Genoss das Prickeln, das damit verbunden war und die Gefahr, die es bedeuten konnte. Schließlich konnte jederzeit einer ihrer Vorgesetzten hereinkommen.

Paul dagegen war angefüllt mit Euphorie und einem Gefühl des Triumphs. Er, der einfache Hausmeister, verführte die Frau, die Glaser als die seine ansah. Erforschte ihren Mund mit seiner Zunge, knetete ihre vollen Brüste und schob ihr den Rock über die Hüfte. Lauschte ihrem wohligen Stöhnen an seinem Ohr. Hob sie auf den Schreibtisch und drängte sich zwischen ihre gespreizten Beine. Fühlte, streichelte, tastete.

Und sie ließ es geschehen. War warm und feucht. Ungeduldig. Das Geräusch von reißendem Stoff vermischte sich mit dem erregenden Geruch, der ihrem Schoß entströmte. Hektisch nestelte Paul an seiner Hose und drang mit einem Stöhnen der Erleichterung endlich tief in sie ein.

Ihre Beine umklammerten ihn, sie ließ sich langsam nach hinten sinken und wölbte sich ihm entgegen. Er spürte, was sie wollte und stieß schnell und hart zu. Dann wieder langsam und sacht.

Sie presste sich noch stärker an ihn. Ihre Finger hatten seine Arme gepackt. Spitze Nägel bohrten sich in teuren Stoff.

In seinem Kopf herrschte Leere. Alles in ihm konzentrierte sich auf seine Körpermitte. Bis er glaubte, Schritte zu hören. Sofort waren alle seine Sinne geschärft.

Jetzt war der Moment gekommen, auf den er drei lange Jahre gewartet hatte. Victoria zu vögeln war nur ein Etappenziel, der Endsieg kam erst jetzt.

Paul steigerte das Tempo, hörte ihr heiseres Stöhnen und nahm gleichzeitig aus den Augenwinkeln wahr, dass sich die Tür wie in Zeitlupe öffnete.

Er drehte den Kopf und sah Mark Glaser im Türrahmen stehen. Labte sich an seinem schockierten Gesichtsausdruck und kam. So heftig wie noch nie zuvor in seinem Leben.

„Victoria!"

Sie erstarrte. Nur ihr Brustkorb kam noch nicht zur Ruhe. Mit aufgerissenen Augen sah sie zu Glaser. Dann schob sie Paul von sich und richtete sich umständlich auf. Zog verlegen ihren Rock wieder nach unten.

Glaser trat näher. „Du treibst es mit unserem Hausmeister? Hast du den Verstand verloren?"

Ihr Kopf ruckte zu Paul, der zufrieden seine Hose schloss.

„Hausmeister?", echote sie tonlos und ließ sich fassungslos auf einen der Besucherstühle fallen.

Paul lächelte. „Ich hatte dir doch versprochen, du würdest erfahren, wer ich bin."

Er wandte sich an den Anwalt. „Deine Freundin ist sexuell offenbar nicht ausgelastet, Glaser. Wir kennen uns noch keine Stunde, weißt du? Sie konnte es gar nicht erwarten, flachgelegt zu werden. Das war meine Rache."

Marks Wangenknochen traten deutlich hervor, er bebte vor Wut. „Wovon zum Teufel redest du? Rache wofür?"

„Rache dafür, dass du mir vor drei Jahren meine Verlobte ausgespannt hast. Melanie Herzog. Wir standen kurz vor der Hochzeit, als sie dich in einer Mietsache um Hilfe bat. Erinnerst du dich?"

Mark öffnete den Mund und schloss ihn wieder.

„Du hast sie verführt. Eine Mandantin. Wegen dir hat sie mich verlassen. Ich wurde depressiv, verlor meinen guten Job. Du hast mein Leben zerstört und ich habe mir selbst geschworen, dass ich dir das heimzahlen werde. Und ich halte meine Versprechen."

„Das stimmt", murmelte Victoria bitter und vergrub ihr Gesicht in den Händen.

Glaser achtete nicht auf sie. „Das mit Melanie ist doch schon längst Geschichte."

„Vielleicht für dich, aber nicht für mich. Drei Jahre habe ich auf diesen Moment gewartet."

Paul ging auf Glaser zu und blieb direkt vor ihm stehen. „Quid pro quo. Du kannst doch Latein, nehme ich an."

Damit schob er den Anwalt zur Seite und ging.

Acedia
Trägheit

Aquarell – „Die Trägheit"

Helga Pohlmann

Ein Morgen im Leben der Trägheit

Jeannine Remlinger

Müde hob die Trägheit ein Augenlid und schloss es gleich darauf wieder. Dann gähnte sie und räkelte sich auf ihrem Lager. Süße Morgenklänge drangen an ihr Ohr und sie lächelte. Alle Tage begannen gleich; warum sollte sie sich jetzt schon aus dem Bett bemühen?

Es begann meist damit, dass Hochmut in seiner Eitelkeit Stunden im Bad verbrachte. Dies führte dazu, dass Zorn, mit seiner charakteristischen Zornesröte im Gesicht, wütend gegen die Tür schlug.

Währenddessen machte sich Völlerei laut schmatzend über das Frühstück her, während Neid sich darüber echauffierte, dass diese sich immer die schönsten Brötchen, die dicksten Eier oder die schmackhafteste Wurst nahm.

Geiz würde wie immer still daneben sitzen, an seinem trockenen Kanten Brot knabbern und dazu verdünnte Milch trinken. Wenn er eines nicht ausstehen konnte, dann war es Verschwendung.

Schwester Wollust wäre noch ein Weilchen mit ihrem Gespielen der letzten Nacht beschäftigt. Irgendwann würde sie, in eine Wolke Parfum gehüllt, auftauchen und sich zu den anderen gesellen.

Sobald der Zorn seine zweite Schimpftirade darüber hinter sich gebracht hatte, dass dank der Völlerei mal wieder kaum etwas vom Frühstück übrig geblieben war, bliebe noch immer Zeit, um aufzustehen.

Ah, da kam der Wortschwall auch schon! War es bereits so spät? Schade eigentlich, denn das Bett war heute besonders bequem und warm. Trotzdem trieb der Hunger die Trägheit aus dem Bett.

Der Frühstückstisch war bereits gedeckt, noch ein Vorteil davon, später aufzustehen.

„Guten Morgen liebe Geschwister."

Die Antworten auf ihre Begrüßung fielen wie jeden Morgen gleich aus:

Ein herablassendes „Guten Morgen!" von Eitelkeit.

Ein grummeliges „Pah, von wegen guter Morgen!" von Zorn.

Ein kaum verständliches, mit vollem Mund gesprochenes "Gfutem Morfem!" von Völlerei.

"Guten Morgen, und du nimmst dir *nicht* das letzte Croissant!" von Neid.

Ein knappes "Morgen!" von Geiz, der sogar mit Worten geizte.

Zuletzt ein Küsschen und ein gesäuseltes "Guten Morgen, liebes Schwesterlein!" von Wollust.

Die Trägheit lächelte entspannt, nahm sich natürlich trotzdem das letzte Croissant und meinte dann zu ihrer Schwester, der Hochmut:

"Du siehst heute besonders hinreißend aus, meine Liebe." Was diese mit einem strahlenden Lächeln quittierte.

Die Trägheit wusste genau, wie sie die Eitelkeit hofieren musste, um von ihr am frühen Morgen bedient zu werden. Denn je mehr man andere für sich tun ließ, desto weniger musste man selbst erledigen.

Diese schenkte ihr auch sofort eine Tasse Kaffee ein, der herrlich zu dem Croissant schmeckte. Die neidischen Blicke ihres Bruders ignorierte die Trägheit einfach.

Nach dem Frühstück schleppte sie ihren trägen Körper wieder in ihr Bett, denn so ein Frühstück strengte schließlich an. Sie hielt sich strikt an die Anweisung:

‚Nach dem Essen sollst du ruhen!'

Den Nachsatz *‚… oder tausend Schritte tun'*, ignorierte sie geflissentlich. Nicht, dass sie es schon einmal ausprobiert hätte, aber das konnte einfach nicht gesund sein!

Gähnend dachte sie an ihre Geschwister, die alle das Haus verließen, um ihrem Tagwerk nachzugehen. Wie mühsam musste es sein, ständig auf sein Äußeres zu achten und sich zur Schau zu stellen, oder bei jeder Kleinigkeit in die Luft zu gehen.

Essen und Trinken war anstrengend; genau wie das absolute Gegenteil, das Geizen. Der Neid war ständig unzufrieden und die Wollust genoss alles mit Leib und Seele.

Doch keiner ihrer Geschwister konnte sich, wie sie, wieder in die Decke einmummeln und einfach nur träge sein.

Was habe ich doch ein Glück, dachte die Trägheit, schloss die Augen und schlief ein.

Herbert

Norbert Löffler

Es gibt Menschen, die machen sich für alles verrückt. Einige haben Angst, dass ihnen oder ihren Lieben etwas passiert, andere haben Existenzängste, wieder andere kümmern sich aufopfernd um ihre Mitmenschen, engagierten sich für dies und das; doch Herbert interessierte das alles nicht.

Sein Leben bestand aus einem stetigen Rhythmus der Gleichgültigkeit. Morgens wurde lange geschlafen, danach kamen diverse Sendungen im TV. Nach einigen Bieren und diversen Knabbereien folgte ein Nickerchen. Danach ging es meist in die Stammkneipe oder er blieb einfach auf dem Sofa liegen.

Warum auch aufstehen? Seit seiner Scheidung vor zehn Jahren hatte sein Leben einen ganz anderen Wert erhalten. Geld gab es nicht viel, die staatliche Unterstützung musste reichen und die Enttäuschungen im eigentlichen Leben hatten ihn zudem ziemlich abgestumpft. Herbert war 53 Jahre alt, dick, schlampig und faul. Das war er eigentlich schon immer gewesen, aber in den letzten Jahren durfte er auch offen dazu stehen. Kein Job, die Scheidung, die ihm alles abverlangt hatte; sein Leben bot ihm nichts mehr.

Ab und zu rief noch seine Tochter an, mittlerweile selber 25 Jahre alt, aber Besuche gab es auch hier kaum noch. Es waren diese Pflichtanrufe, die er mehr hasste, als das Verstellen bei Besuchen. So tun, als ob alles okay wäre. Lachen, wenn es nichts zu lachen gab. Wie geht es dir? Verlogenes Pack. Jeder konnte doch sehen, wie es ihm ging. Schlecht – oder gut. Je nachdem, wie man es betrachtete. Manche finden es gut, wenn man nicht zu arbeiten braucht; aber es ist nicht so gut, wenn man kaum Geld hat, die Wohnung schmutzig und billig ist, das Leben kaum etwas bietet.

Herbert war es egal. Er absolvierte Pflichtbesuche ebenso wie Pflichtanrufe.

Wenn man Herbert gefragt hätte, was ihm wichtig wäre, dann würde er wohl geantwortet haben: *nichts*. Vielleicht noch seine Fernsehserien, ein Hauch von Ablenkung. Mehr gab es nicht.

Selbst als vor einigen Wochen seine Nachbarin, eine ältere Dame, die Treppe herabgestürzt war, hatte er nicht reagiert. Er hatte auf dem Sofa gelegen, das Poltern und die Schreie gehört, aber da war auch diese Angst in ihm. Was sollte er tun? Was sollte er sagen? Wie sollte er reagieren? Also blieb er doch lieber einfach auf dem Sofa liegen. Sollten doch andere sich darum kümmern. Herbert war schließlich nicht alleine in dem Haus und die anderen Mieter kümmerten sich ja auch, denn kurz darauf hatte er die Sirene des Krankenwagens gehört.

Zufrieden schloss Herbert die Augen, als er daran zurückdachte, blieb auf dem Sofa liegen und atmete die modrige, abgestandene Luft in dem Raum. Sein Vorrat an Zigaretten und Bier ging zur Neige. Er würde irgendwann an diesem Tage die Wohnung verlassen müssen, zur Trinkhalle gehen und Nachschub besorgen. Und das im November, bei Kälte und Nieselregen. Es war bereits dunkel, aber zwei Stunden würden die Läden noch geöffnet sein. Bei der Gelegenheit sollte er vielleicht noch ein paar Lebensmittel mitbringen, aber das wäre Aufwand. Er dachte nach: aufstehen, anziehen. In seiner löchrigen Jogginghose konnte er schlecht gehen, er sah aus wie ein Penner. Nicht geduscht, die Haare nicht gewaschen, sein Bart war verfilzt und – es nützte alles nichts – es war einfach Zeit, sich einen Ruck zu geben.

Herbert stand mühsam auf, streckte sich, starrte auf seine vor Schmutz starrenden Socken, dann schlurfte er ins Bad.

Carmen kauerte hinter den Mülltonnen, ihr Make-up war verschmiert, von den Tränen verwischt und so wirkte sie wie ein verängstigter kleiner Waschbär. Sie war zierlich, jung, hübsch, aber davon war jetzt nicht viel zu sehen. Ihre Kleidung war zerrissen, auf der linken Gesichtshälfte befand sich eine rote Schwellung und jeder Knochen tat ihr weh. Aber sie konnte froh sein, überhaupt überlebt zu haben. Das

Schwein hätte sie nach der Vergewaltigung auch töten können. Nur ihren hervorragenden Reaktionen war es zu verdanken, dass sie noch lebte. Dieser Kerl hatte sie einfach von dem Bürgersteig in einen Hauseingang gezogen, ihr den Mund zugehalten und sie zu den Kellertreppen geschleift. Dann war alles nur noch wie ein Film vor ihr abgelaufen. Er hatte sie geschlagen, in einen modrigen Kellerraum gedrängt, dann ihre Kleidung zerfetzt und war über sie hergefallen. Am Schluss hatte er die Hände um ihren Hals gelegt und zugedrückt. Carmen hatte gezuckt, sich dann aber nach wenigen Augenblicken totgestellt. Er war zufrieden aufgestanden, ohne ihre flache Atmung zu bemerken, und hatte sich suchend umgesehen. Sicher überlegte er, wie er die Leiche entsorgen könnte. Als er kurz den Raum verließ, war sie aufgestanden, leise zur Tür gegangen. Carmen hatte dann allen Mut zusammengenommen und war geflüchtet. Sie rannte die Treppen hoch, auf die Straße, in die Dunkelheit. Niemand war draußen und so hatte sie einfach nur aus einem Impuls heraus gehandelt; war mal rechts, mal links gelaufen und hatte sich, als sie gar nicht mehr konnte, hinter diesen Mülltonnen versteckt. Carmen stand unter Schock, konnte nicht mehr klar denken, wusste nur – wenn der Kerl sie finden würde, war sie so gut wie tot. Sie zitterte und wagte kaum zu atmen, aber ihre leisen Schluchzer waren einfach nicht zu unterdrücken.

Herbert hatte es geschafft – im Schnelldurchgang. Auf die Dusche wurde verzichtet, ein wenig Wasser ins Gesicht, mit der Bürste ein wenig Form in Haar und Bart, danach eine halbwegs frische Hose, einfach ein dicker Mantel darüber; nun war er ausgehfertig. Herbert packte seinen Stoffbeutel, zählte in seiner Geldbörse nach, dann nickte er zufrieden und verließ das Haus.

Das Treppenhaus war dunkel, schmutzig und leer. Er ging an vielen Wohnungen vorbei, deren Bewohner er nicht kannte, und die ihn auch nicht interessierten. Jeder sollte sein eigenes Leben leben, er war nicht für andere verantwortlich. Dies empfand er tatsächlich so. Es gab so viele Menschen, so viele verschiedene Schicksale; es lohnte ganz einfach nicht, darüber nachzudenken oder irgendetwas ändern zu wollen. Herbert war froh, wenn er sich selber über die Runden brachte. Er schlurfte nun zur Haustür, deren Glas bereits Risse aufwies, zog sie auf und zuckte vor der kalten Luft zurück.

Er grinste und murmelte in seinen Bart: „So also riecht frische Luft. Es wird doch mal Zeit bei mir zu lüften…" Herbert sprach oft mit sich selber, da er kaum Gelegenheit hatte mit anderen zu sprechen. Als er jetzt auf die schwarzen Mülltonnen neben dem Gebüsch zusteuerte, hörte er ein helles Greinen, fast so, als würde ein Kind weinen. Er blieb kurz stehen, wollte gerade weitergehen, als er das Schluchzen erneut hörte. Gegen seine Gewohnheit ging er näher an die Tonnen heran; dann sah er diese kleine Gestalt dort kauern. Sie hockte, halb im Dreck, Rotz und Tränen liefen ihr über das lädierte Gesicht und sie starrte ihn an, als wäre er der Teufel selbst.

„Na, na, ich habe dir nichts getan, vor mir brauchst du nun wirklich keine Angst zu haben…", sagte er, doch die Kleine zischte nur:

„Pssst, leise! Wenn er uns hört, findet er mich und dann bringt er mich um!"

Herbert glotzte sie an. Er wollte nur Bier und Zigaretten holen und nun sah das hier ganz nach Problemen aus, die er absolut nicht gebrauchen konnte. Dennoch, es ärgerte ihn, dass diese kleine, junge Frau solche Angst vor wem auch immer hatte. Deswegen brummte er:

„Niemand wird dich umbringen, und du brauchst auch keine Angst zu haben." Er sah sich bei diesen Worten aber um, beobachtete die Umgebung. Da er aber niemanden sehen konnte, bückte er sich und reichte der Frau die Hand. Sie starrte ihn nur an, unfähig, sich zu bewegen, zitternd vor Angst.

„Na, komm schon, ich tu dir bestimmt nichts…", sagte er. Langsam empfand er fast so etwas wie Mitgefühl. Nicht, dass er tatsächlich ihre Gefühle nachempfinden konnte, oder sich in sie hineinversetzen würde. Er fühlte einfach ihre Angst, ihre Emotionen sprangen ihn geradezu an. Herbert war wütend auf sich, auf diese kleine Frau und am meisten auf irgendeinen Kerl, der diesen Zustand herbeigeführt hatte. Mitgefühl … leere Worte. Mitleid … noch unsinniger. Das gab es einfach nicht. Niemand konnte mit jemandem mitleiden, das Leid teilen oder gar abnehmen. Das waren dumme Sprüche. Aber er, Herbert, würde nun vielleicht kein Bier und keine Zigaretten mehr bekommen, und das war weit ärgerlicher. Das alles nur, weil so ein geiler Hengst fremden Frauen Gewalt antat.

Herbert atmete tief ein, dann ging er in die Hocke, packte das junge Ding und zog es sanft in die Höhe. Sie schien gar nichts zu wiegen, aber als sie nun stand und sich an ihn schmiegte, voller Angst und Hoffnung, da spürte er etwas ganz Neues. Er wollte einfach, dass ihr kein Leid mehr angetan würde, wollte ihr die Angst abnehmen – das fühlte sich schön an. Aber er sah auch, was dieser Dreckskerl mit ihr gemacht hatte. Die Kleidung zerrissen, eine Brust konnte er sogar sehen, sie hatte nicht mal einen Mantel, fror sicher entsetzlich. Was war zu tun?

„Ich denke, wir gehen erst mal nach oben, zu mir. Dann kannst du dich aufwärmen und wir rufen die …"

Weiter kam er nicht, denn plötzlich hörte er hinter sich Schritte, die sich sehr schnell näherten. Herbert drehte sich um, dann sah er ihn.

Nun ging alles sehr schnell. Hinterher hätte er gar nicht sagen können, wie was passiert war, aber er hörte kurz den spitzen Aufschrei der jungen Frau und sah er den Typen, vielleicht fünf Meter vor sich. Er war größer als Herbert, breiter, jünger, trainierter. Der Kerl grinste brutal und zischte:

„Verpiss dich! Das geht dich nichts an, nur sie und mich!"

Doch Herbert dachte gar nicht daran. Er erinnerte sich an die Emotionen, die er noch vor wenigen Augenblicken verspürt hatte, erinnerte sich an das angenehme Gefühl, als sie sich an ihn gedrückt hatte und so baute er sich nun vor diesem Kerl auf, schüttelte den Kopf und sagte:

„Es *ist* meine Angelegenheit und du bekommst sie nur über meine Leiche!"

„*Das* kannst du haben!", rief der Kerl und stürmte nach vorne auf Herbert zu.

Oft sind es einfach nur Reaktionen, die zum Sieg führen. Herbert schleuderte seinen Stoffbeutel mit den leeren Flaschen dem Angreifer entgegen. Dann, als der Angriff ins Stocken geriet, warf er sich auf ihn. Der Kerl hatte damit nicht gerechnet. Herbert packte dessen Kopf, schlug ihn voller Wut mehrmals auf das Straßenpflaster, bis keine Reaktion mehr erfolgte; dann erst ließ er völlig atemlos von ihm ab.

Als Herbert sich umdrehte, sah er Carmen noch dort stehen, direkt neben den Mülltonnen. Sie starrte ihn an, als wäre er ein Monster, oder was immer sie in ihm zu sehen schien. Er stand langsam auf, versuchte zu lächeln und sagte:

„Ich habe dir doch gesagt, es wird dich niemand umbringen. Der Kerl da hat genug, er wird niemandem mehr wehtun."

Tatsächlich, unter dem Kopf des reglosen Vergewaltigers breitete sich eine dunkle Flüssigkeit aus, doch das sah Herbert gar nicht mehr. Er nahm Carmen sanft am Arm und schob sie zum Hauseingang.

„Wir gehen hinein, dann rufen wir die Polizei, Krankenwagen und was wir alles so brauchen. Aber das Wichtigste ist jetzt, dass du mal ins Warme kommst."

Carmen ließ sich von Herbert führen, der nun etwas in sich selber fühlte, wovon er geglaubt hatte, es wäre für immer verloren gewesen. Dieses Gefühl wärmte ihn von innen, es stärkte ihn. Carmen bemerkte seine Glückstränen nicht, als er sie behutsam nach oben führte ...

Prudentia

Fortitudo

Iustitia

Temperantia

Die vier Tugenden ...

... sollen nicht unerwähnt bleiben.
Ein kleiner Lichtblick am Ende dieses Buches ...
oder vielleicht doch nicht ...

Bleistiftzeichnung – „Die Tugend"

Angelika Ballas-Künzel

Die Schwestern Vertu

Britta Heinrichs

„Brrrr, ich bin völlig durchgefroren. Beeilt euch! Schnell hinein ins Warme!" Prudence schloss die Haustür auf und ließ ihren drei Schwestern den Vortritt. In der Halle des großen, alten Hauses schüttelten die vier den Schnee von ihren Mützen, Schals und Mänteln, bevor sie diese ordentlich an die Garderobe hängten.

„Schön war es wieder. Der Silvestergottesdient ist immer so feierlich mit den Chören." Valerie stellte ihre nassen Stiefel auf die Schuhablage und schlüpfte in ihre Pantoffeln. „Und der Herr Pastor hat wunderbar gepredigt."

„Ich setze schnell die Suppe auf den Herd. In einer halben Stunde können wir essen", sagte Justine gut gelaunt und begab sich in die Küche.

Dort traf sie auf Temperance, die bereits dabei war, eine große Kanne Tee aufzuschütten. „Der wird uns aufwärmen, bis das Essen fertig ist."

Alle vier Schwestern lebten seit ihrer Kindheit in einem Vorort von Paris in einem alten Gebäude; ihrem Elternhaus. Inzwischen waren sie pensioniert und pflegten nach einem erfüllten Berufsleben ihre Hobbies. Die Eltern hatten sie zu tugendhaften und anständigen Menschen erzogen, was ihnen ganz offensichtlich gelungen war.

Die Frauen verstanden sich gut. Sie waren ordentlich und sparsam. Einen Fernseher besaßen sie nicht; stattdessen lasen sie viel, lösten Kreuzworträtsel, machten Handarbeiten und engagierten sich ehrenamtlich in der Gemeinde.

Prudence, Justine, Valerie und Temperance verdankten ihre Vornamen den vier Tugenden Klugheit, Gerechtigkeit, Tapferkeit und Mäßigung. Sie sahen für ihr Alter sehr gut aus, waren kerngesund und alle trugen ihr silbergraues Haar als modische Kurzhaarfrisur.

Nach dem frühen Tod der Eltern hatten sie ihr gemeinsames Leben tapfer gemeistert und waren immer füreinander da. Männer hatten in dieser Formation keinen Platz gefunden. Es gab einfach niemanden, der interessant genug war – der gut genug war. Das Böse ging doch eh nur vom Manne aus. Anders wussten sie es nicht, und es war auch nicht wichtig.

Die Schwestern saßen eben gemeinsam beim Mittagessen, als die Türklingel ertönte.

Valerie öffnete und erblickte vor sich einen großen Strauß wunderschöner Rosen. Der Bote verschwand fast völlig hinter dieser blutroten Pracht.

„Blumen für Madame Vertu. Eine Unterschrift bekomme ich bitte." Valerie quittierte den Empfang und brachte den Strauß ins Esszimmer. Dort stellte sie ihn in eine große, antike Kristallvase.

Die Schwestern blickten sich verwundert an.

„Für wen von uns der Strauß wohl sein mag."

„Viel interessanter wäre zu wissen, *von wem* er geschickt wurde."

„Es steckt doch bestimmt eine Karte zwischen den Blumen."

„Rote Rosen – für eine von *uns*?"

Alle sprachen durcheinander, während Prudence zwischen den Rosen nach einem Hinweis auf den Absender suchte.

„Keine Karte, nichts. Was hat der Bote denn gesagt? Für wen sind die Blumen?"

Valerie zuckte mit den Schultern. „Er sagte nur, sie wären für *Madame Vertu*. Einen Vornamen hat er nicht genannt."

Prudence hatte inzwischen die Blüten gezählt. „28 – man nennt sie auch *die vollkommene Zahl*. Alle ihre echten Teiler ergeben als Summe die 28."

„Das hilft uns jetzt auch nicht weiter. Hätte mal jemand eine *konstruktive* Idee?" Valeries Augen funkelten.

„Es ist doch völlig egal, von wem der Strauß ist. Irgendwann wird derjenige sich schon zu erkennen geben." Prudence gähnte und nahm sich noch von der Suppe.

„Dir ist doch sowieso immer alles egal. *Ich* möchte schon wissen, wenn *mir* jemand rote Rosen schickt", sagte Valerie.

Justine lächelte triumphierend: „Machen wir es kurz: Ich bin die Jüngste und auch Schönste von uns. Wahrscheinlich sind sie für mich. Ein netter Herr lächelt mich immer an, wenn wir uns in der Métro begegnen. *Viele* nette Herren lächeln mich *ständig* an."

Temperance lehnte sich auf ihrem Stuhl zurück und verschränkte die Arme. „Natürlich! *Du* bist die Allerschönste im ganzen Land und Prudence ist sowieso Mademoiselle Oberschlau. Valerie, welchen Titel darf ich *dir* verleihen?"

Prudence schüttelte den Kopf und seufzte. „Jetzt bleibt mal ruhig." Sie erhob sich gemächlich und kramte aus dem Schrank eine Schachtel Pralinen. Genüsslich schob sie sich zwei Champagnertrüffel in den Mund. „Dessert!"

Justine reklamierte sofort: „Pru, das sind meine. Die habe *ich* geschenkt bekommen."

Mit vollem Mund antwortete diese: „Du magst doch gar keine Trüffel. Reg dich bloß nicht so künstlich auf."

Valerie hob die Stimme: „Lass sie sich doch vollstopfen mit dem Zeug, Justine! Und überhaupt: Was glaubst du eigentlich wer du bist? *Die Schönste?* Dass ich nicht lache. Deine hochmütige Art geht mir schon lange auf die Nerven. Dir kommt doch gar nicht in den Sinn, dass die Rosen auch für *mich* sein könnten, so sehr kreist du ständig um dich selbst."

Temperance lamentierte: „Typisch! *Du* stehst mal wieder über dem Ganzen. *Valerie, die immer alles richtig macht.* Nie denkt jemand an mich. Mit *mir* kann man es ja machen; nicht wahr, Valerie?"

Diese schnaubte böse zurück: „Halt bloß den Mund, du Neidhammel. Krieg' doch erst mal selbst was auf die Reihe, bevor du hier weiter herumjammerst."

Justine meldete sich zu Wort: „Schwestern, sind das jetzt meine Rosen, oder nicht? Falls ja, dann würde ich sie nämlich gerne in mein

Zimmer stellen. Welcher normale Mensch käme auf die Idee, einer von *euch* Blumen zu schicken?"

Prudence war inzwischen auf das bequeme Sofa umgezogen. Sie goss sich großzügig Kirschlikör in ein Glas, aß eine weitere Praline und seufzte: „Meinetwegen kannst du sie haben."

Temperance erhob Einspruch: „Nix da, dann will ich auch welche. Immer bekommt ihr mehr als ich. Das war früher schon so und hat sich bis heute nicht geändert."

Valerie schrie: „Ihr spinnt doch! So ein Theater wegen dieser scheiß Blumen! Ihr habt sie doch nicht alle. Verdammt noch mal!"

Sie öffnete das Fenster, griff nach dem Strauß und warf ihn im hohen Bogen hinaus in den Garten, wo er verstreut im Schnee liegen blieb.

Justine stand auf und ging aus dem Zimmer mit den Worten: „Du bist so erbärmlich, Valerie. Ihr seid *alle* erbärmlich."

Temperance schloss sich an: „Ich gehe nach oben. Ihr konntet mich ja noch nie wirklich leiden."

Valerie verließ als nächste den Raum und knallte wütend die Tür hinter sich zu.

Prudence goss sich noch ein Likörchen ein, klaubte einen Schokokrümel aus ihrem Mundwinkel und kuschelte sich in die weiche Sofadecke:

„Frohes neues Jahr, allerseits."

Wohin?

Helga Rikken

Für viele Menschen dieser Welt
ist das die Frage ihres Lebens –
ihr Aufschrei an der Tat zerschellt,
der Hilferuf, er scheint vergebens.

Wohin, das ist die ärgste Frage,
ihr Weg ins Ungewisse führt –
Unmenschlichkeit umringt die Klage,
ihr Ruf nach Lieb bleibt ungerührt.

Wollust, Habgier, Hass und Neid,
sind im Menschen tief verborgen –
die Moral der Menschlichkeit,
verstummt in ihren größten Sorgen.

Wohin?

Autoren / Illustratoren

Dieter Annecke

Beruflich vielseitig mit zu vielen kreativen Hobbies. Webmaster/Administrator von *Jörg Wiegand Illustrationen*. Der Künstler lebt in Cölbe/Bürgeln bei Marburg.

Angelika Ballas-Künzel

Die Leverkusenerin gibt Mal- und Zeichenkurse und hat bereits an mehreren Ausstellungen teilgenommen. Einige Illustrationen sind in Anthologien veröffentlicht.

Britta Bendixen

Die Autorin von der Flensburger Förde hat 2014 ihren Ostseekrimi *Höllisch heiß* im Boysens Buchverlag veröffentlicht. Zudem sind mehrere ihrer Kurzgeschichten in Anthologien vertreten. Mit dem Flensburger Autorentreff hat sie bereits an einigen Lesungen teilgenommen. www.brittabendixen.de

Markus Dittrich

Geboren in Hamburg. Erste Comics mit 8 Jahren. 1992 erste Veröffentlichung, die Short Story *Der Unwissende* im Independent-Horrormagazin The Torturer. Ab 1993 Studium Dramaturgie/Drehbuch an der Filmhochschule Potsdam. Diplom. 1996-1998 Redakteur der TV-Serie *Bibi Blocksberg*. Ab 1998 freier Autor. Kino: *Helden wie wir* für Senator Film, *Butzmandu* für Moviecompany (u.a. *Sieben Zwerge*). Fernsehen: TV-Satiren *Extra 3*, *Olli*, *Tiere Sensationen* und *Fiktiv*; Kinderserien *Bibi Blocksberg* sowie *Bibi & Tina* (auch als Hörspiel, seit 2005 etwa 25 Folgen). Story-Entwicklungen u.a. für Diana Film (Helmut Dietl), Cologne Sitcom und Gambit Film. 2013 erschien sein erster Roman *Max* im Selbstverlag.
Hobbies: Schlagzeug spielen und Songs schreiben – „hoffentlich besser als Nero", wie er selbst sagt. DittrichScript@aol.com

Susanne Fritsch

Die Künstlerin aus Köln hat bei 40 Ausstellungen im In- und Ausland schon viele ihrer in unterschiedlichen Stiltechniken gemalten Werke präsentiert. Sie ist Lehrerin für Naturwissenschaften. www.susannefritsch.de

Britta Heinrichs

Die Autorin aus Leverkusen und Herausgeberin dieser Anthologie hat bereits mehrere Bücher (*Konsumdiät*, *Doppeltsowenig* und gemeinsam mit ihrem Sohn die Novelle *Kleider machen Leute, schwör!*) sowie Kurzgeschichten veröffentlicht und an einigen Anthologien und Wettbewerben teilgenommen. www.brittaheinrichs.de

Dirk Juschkat

Vom Gladbecker Lyriker sind bisher drei Gedichtbände und mehrere eBooks erschienen. Er ist mit seinen Werken außerdem in einigen Anthologien vertreten. www.dirkjuschkat.de

Katharina Kraemer

Aufgewachsen am Niederrhein, lebt die Autorin heute mit ihrer Lebenspartnerin im Süden Ungarns. Eine Vielzahl an Geschichten ist entstanden, mal nachdenklich, mal humorvoll. Einige ihrer Kurzgeschichten und Gedichte sind in Anthologien abgedruckt. *Der Holzknecht* und *Klara* (Karina-Verlag), *Ohne Worte* (Sperling-Verlag), *Der Schrei, My Story. Das Magazin* (modern Times Media Verlag). Vier eBooks mit Kurzgeschichten sind im Selbstverlag erschienen. Darunter *Drabbles, mal bitterböse – mal zum Schmunzeln*. Die Fertigstellung ihres größeren Erstlingswerkes (*Biografie eines transsexuellen Lebens*) ist für 2015 geplant. https://katharinakraemer1.wordpress.com/

Petra Krimmel

Die Optikerin und Heilpraktikerin lebt und arbeitet in Much. Das Zeichnen ist ihr wiederentdecktes Hobby.

Renate Krohn

Die gelernte Industriekauffrau, mittlerweile Rentnerin, hat bereits mehrere Romane und Kurzgeschichten im Selbstverlag bzw. über den Weltbild-Verlag veröffentlicht. Mitwirkung an diversen Anthologien bei verschiedenen Verlagen. Sie lebt mit ihrem Mann (ebenfalls Autor) in Leverkusen. rjkrohn@t-online.de

Norbert Löffler

Der vielseitige Leverkusener Autor schreibt bereits seit dreißig Jahren Gedichte, Kurzgeschichten, Erzählungen und mehr. Einige spannende Romane sind im Manvira-Verlag erschienen; zuletzt *Kinderreime*. Außerdem mit *Blutmorde* zwei spannende Kurzgeschichten. www.nolo-home.de

Michael Lohmann

Michael Lohmann war Chefredakteur von Publikumszeitschriften und schreibt immer irgendetwas, seit er zwanzig ist. Jetzt lektoriert er Schreiber, die erfolgreich sein wollen. Hin und wieder schreibt er selbst. „Aber nur aus Spaß an der Wollust…" www.worttaten.de

Anke Noreike

Die Künstlerin aus Bad Honnef absolvierte ihr Kunststudium an der PH Köln. Seit 1990 ist sie freischaffend künstlerisch tätig. 1998 war sie Mitbegründerin des *Artefact* – Werkstatt für Kunst e.V. in Bonn. Seit 2000 ist sie Kunstpädagogin am Schloss Hagerhof. www.anke-noreike.de

Helga Pohlmann

Die Teilnehmerin vieler verschiedener Mal-, Zeichen- und Ikonographiekurse hat ihre Werke bereits auf vielen Ausstellungen präsentiert. Die vielseitige Künstlerin lebt in Dornum/Ostfriesland und Leverkusen. helpol@gmx.de

Olaf Raabe

Der Fotograf arbeitet semiprofessionell im eigenen Studio im Raum Oldenburg/Niedersachsen und hat ein besonderes Faible für die Retro-Fotografie. www.fotobude.biz – *portrait and more*

Jeannine Remlinger

Die Autorin aus Leidenschaft lebt mit ihrer Familie in der Nähe von Trier. Unter dem Pseudonym Parker Jean Ford schreibt sie Fantasy und Thriller. Ihr erster Fantasyroman *Vertrau mir! Prophezeiung* erschien 2014 im Elvea-Verlag. Der Kurzthriller *Family Business* wurde im selben Jahr in einer Anthologie bei Moonhouse Publishing veröffentlicht. http://parkerjeanford.jimdo.com

Elmar Rieder

Der Verfechter der stressfreien Langsamkeit hat bereits mehrere Geschichten veröffentlicht, z.B. in der Süddeutschen Zeitung oder der Augsburger Zeitung *Riss*. Die meisten seiner Werke sind als eBook im Selbstverlag erschienen. Seine heiteren, besinnlichen, nachdenklichen, moralischen Texte tragen meist autobiografische Züge. Der Autor lebt in Diedorf.
www.elmar-rieder.jimdo.com / riederliest@gmail.com

Helga Rikken

Die Malerin und Autorin lebt in der Nähe von Mönchengladbach und schreibt seit vielen Jahren Gedichte und Geschichten, die sie selbst illustriert. Sie hat bereits mehrere Bücher veröffentlicht, z.B. *Meine kunterbunte Gedankenwelt, Seelentau in Worten und Bildern* und *Gedanken aus meiner Seele*.
www.helga-rikken.de

Wilfried Schmickler

Kabarettist und Autor aus Köln. Der gebürtige Leverkusener ist bekannt durch die *Mitternachtsspitzen* und Träger des Deutschen Kleinkunstpreises, des Prix Pantheon sowie des Deutschen Kabarettpreises. Beim WDR Hörfunk ist er als Autor und Moderator satirischer Radiobeiträge tätig.

Susanne Schnitzler

Die in Köln geborene Übersetzerin, Dozentin/Trainerin, Lektorin – hin und wieder auch Autorin – lebt und arbeitet in Hamburg. Der Haushalt wird ergänzt durch eine Tochter und die bei AutorenInnen systemimmanenten drei Katzen. Seit 1999 Veröffentlichungen in verschiedenen Print- und Online-Medien, auch unter Pseudonym. Als literarische Übersetzung liegt vor: *Rage* von Steve Gerlach; die letzte Lektoratsarbeit ist ein Regio-Krimi für den Wurdack Verlag.
www.thegirlwhowritestoo.de

Jürgen Spreemann

Der Autor aus Bærum/Norwegen hat bereits mehrere Bücher und Kurzgeschichten veröffentlicht und an einigen Wettbewerben teilgenommen.
jurgensp7@gmail.com

Jörg Wiegand

Der Künstler aus der Gegend um Marburg/Hessen arbeitet als freier Illustrator für diverse Verlage, Werbung und Industrie.
www.facebook.com/Joerg.Wiegand.Illustrationen
www.wiegand-illustrationen.de

Wiebke Worm

Die Autorin, Illustratorin und Fotografin aus Hamburg hat bereits drei Bücher im Selbstverlag veröffentlicht: *Das Ritual des Stalkers, Gedankensplitter* und *Fragments of Thoughts*. Ein weihnachtlicher Kurzgeschichtenband erschien beim Verlag Emmerich Books & Media. Einige Buchillustrationen und Fotoausstellungen runden ihren Lebenslauf ab.
www.wiebke-worm-art.de